D1639571

Betty Heslop
N.C.H.S.

V. A.

46

9

Dent's Modern Language Series

Edited by WALTER RIPMAN, M.A.

ARSÈNE LUPIN

BOOK ONE

ARSÈNE LUPIN

GENTLEMAN-CAMBRIOLEUR

PAR

MAURICE LEBLANC
BOOK I

EDITED BY

W. G. HARTOG, M.A.
Docteur de l'Université de Paris ; Officier de l'Instruction Publique
Senior French Master at St Paul's School

J. M. DENT AND SONS LTD.
BEDFORD ST. LONDON W.C.2
TORONTO VANCOUVER
MELBOURNE WELLINGTON

First Published in this Edition . 1931
Reprinted 1932

INTRODUCTION

MAURICE LEBLANC, the creator of the character of the famous Arsène Lupin, holds much the same position in French " crime " fiction as does the late Sir Arthur Conan Doyle in this country.

I feel sure that these four stories of his will be very acceptable to English boys and girls.

In addition to the footnotes, which should facilitate rapid reading of the text (and it should be read quickly), I have added questionnaires and a complete vocabulary.

W. G. HARTOG

ST PAUL'S SCHOOL
March 1931

CONTENTS

ARSÈNE LUPIN
GENTLEMAN-CAMBRIOLEUR

L'ARRESTATION D'ARSÈNE LUPIN

L'ÉTRANGE voyage ! Il avait si bien commencé cependant ! Pour ma part, je n'en fis jamais qui s'annonçât sous de plus heureux auspices. La *Provence* est un transatlantique rapide, confortable, commandé par le plus affable des hommes. La société la plus choisie s'y trouvait réunie. Des relations se formaient, des divertissements s'organisaient. Nous avions cette impression exquise d'être séparés du monde, réduits à nous-mêmes comme sur une île inconnue, obligés par conséquent de nous rapprocher les uns des autres.

Et nous nous rapprochions. . . .

Avez-vous jamais songé à ce qu'il y a d'original et d'imprévu dans ce groupement d'êtres qui, la veille encore, ne se connaissaient pas, et qui, durant quelques jours, entre le ciel infini et la mer immense, vont vivre de la vie la plus intime, ensemble vont défier les colères de l'Océan, l'assaut terrifiant des vagues et le calme angoissant de l'eau endormie ?

C'est au fond, vécue en une sorte de raccourci tragique, la vie elle-même, avec ses orages et ses grandeurs, sa monotonie et sa diversité, et voilà pourquoi, peut-être, on goûte avec une hâte fiévreuse et une volupté d'autant

1

plus intense ce court voyage dont on aperçoit la fin du moment même où il commence.

Mais, depuis plusieurs années, quelque chose se passe qui ajoute singulièrement aux émotions de la traversée. La petite île flottante dépend encore de ce monde dont on se croyait affranchi. Un lien subsiste, qui ne se dénoue que peu à peu, en plein Océan, et peu à peu, en plein Océan, se renoue. Le télégraphe sans fil ![1] appel d'un autre univers d'où l'on recevrait des nouvelles de la façon la plus mystérieuse qui soit ! L'imagination n'a plus la ressource d'évoquer des fils de fer au creux desquels glisse l'invisible message. Le mystère est plus insondable encore, plus poétique aussi, et c'est aux ailes du vent qu'il faut recourir pour expliquer ce nouveau miracle.

Ainsi, les premières heures, nous sentîmes-nous suivis, escortés, précédés même par cette voix lointaine, qui, de temps en temps, chuchotait à l'un de nous quelques paroles de là-bas. Deux amis me parlèrent. Dix autres, vingt autres nous envoyèrent à tous, à travers l'espace, leurs adieux attristés ou souriants.

Or, le second jour, à cinq cents milles des côtes françaises, par un après-midi orageux, le télégraphe sans fil nous transmettait une dépêche dont voici la teneur :

" *Arsène Lupin à votre bord, première classe, cheveux blonds, blessure avant-bras droit, voyage seul, sous le nom de R. . . .*"

A ce moment précis, un coup de tonnerre violent éclata dans le ciel sombre. Les ondes électriques furent interrompues. Le reste de la dépêche ne nous parvint pas. Du nom sous lequel se cachait Arsène Lupin, on ne sut que l'initiale.

[1] *Le télégraphe sans fil*, " wireless."

S'il se fût agi de toute autre nouvelle, je ne doute point que le secret en eût été scrupuleusement gardé par les employés du poste télégraphique, ainsi que par le commissaire du bord[1] et par le commandant. Mais il est[2] de ces événements qui semblent forcer la discrétion la plus rigoureuse. Le jour même, sans qu'on pût dire comment la chose avait été ébruitée, nous savions tous que le fameux Arsène Lupin se cachait parmi nous.

Arsène Lupin parmi nous ! l'insaisissable cambrioleur dont on racontait les prouesses dans tous les journaux depuis des mois ! l'énigmatique personnage avec qui le vieux Ganimard, notre meilleur policier, avait engagé ce duel à mort dont les péripéties se déroulaient de façon si pittoresque ! Arsène Lupin, le fantaisiste gentleman qui n'opère que dans les châteaux et les salons, et qui, une nuit, où il avait pénétré chez le baron Schormann, en était parti les mains vides et avait laissé sa carte, ornée de cette formule : " Arsène Lupin, gentleman-cambrioleur, reviendra quand les meubles seront authentiques." Arsène Lupin, l'homme aux mille déguisements : tour à tour chauffeur, ténor, bookmaker, fils de famille, adolescent, vieillard, commis-voyageur marseillais, médecin russe, torero[3] espagnol !

Qu'on se rende bien compte de ceci : Arsène Lupin allant et venant dans le cadre relativement restreint d'un transatlantique, que dis-je ! dans ce petit coin des premières[4] où l'on se retrouvait à tout instant, dans cette salle à manger, dans ce salon, dans ce fumoir ! Arsène Lupin, c'était peut-être ce monsieur ... ou celui-là ... mon voisin de table ... mon compagnon de cabine. ...

---

[1] *le commissaire du bord*, the purser.   [2] *il est*=il y a.

[3] *torero*, bull-fighter.   [4] *des premières*, de la première classe.

" Et cela va durer encore cinq fois vingt-quatre heures !
s'écria le lendemain miss Nelly Underdown, mais c'est
intolérable ! j'espère bien qu'on va l'arrêter."

Et s'adressant à moi :

" Voyons, vous, monsieur d'Andrézy, qui êtes déjà au
mieux [1] avec le commandant, vous ne savez rien ? "

J'aurais bien voulu savoir quelque chose pour plaire à
miss Nelly ! C'était une de ces magnifiques créatures qui,
partout où elles sont, occupent aussitôt la place la plus en
vue. Leur beauté autant que leur fortune éblouit. Elles
ont une cour, des fervents, des enthousiastes.

Élevée à Paris par une mère française, elle rejoignait
son père, le richissime Underdown, de Chicago. Une de
ses amies, lady Jerland, l'accompagnait.

Dès la première heure, j'avais posé ma candidature de
flirt. Mais, dans l'intimité rapide du voyage, tout de
suite son charme m'avait troublé, et je me sentais un peu
trop ému pour un flirt quand ses grands yeux noirs ren-
contraient les miens. Cependant, elle accueillait mes
hommages avec une certaine faveur. Elle daignait rire
de mes bons mots et s'intéresser à mes anecdotes. Une
vague sympathie semblait répondre à l'empressement
que je lui témoignais.

Un seul rival peut-être m'eût inquiété, un assez beau
garçon élégant, réservé, dont elle paraissait quelquefois
préférer l'humeur taciturne à mes façons de Parisien.

Il faisait justement partie du groupe d'admirateurs
qui entourait miss Nelly, lorsqu'elle m'interrogea. Nous
étions sur le pont, agréablement installés dans des rocking-
chairs. L'orage de la veille avait éclairci le ciel. L'heure
était délicieuse.

" Je ne sais rien de précis, mademoiselle, lui répondis-je,

[1] *au mieux*, on the best of terms.

mais est-il impossible de conduire nous-mêmes notre enquête, tout aussi bien que le ferait le vieux Ganimard,
l'ennemi personnel d'Arsène Lupin ?

— Oh ! oh ! vous vous avancez beaucoup ! [1]

— En quoi donc ? Le problème est-il si compliqué ?

— Très compliqué

— C'est que vous oubliez les éléments que nous avons
pour le résoudre.

— Quels éléments ?

— 1° Lupin se fait appeler Monsieur R . . .

— Signalement un peu vague.

— 2° Il voyage seul.

— Si cette particularité vous suffit !

— 3° Il est blond.

— Et alors ?

— Alors nous n'avons plus qu'à consulter la liste des
passagers et à procéder par élimination.''

J'avais cette liste dans ma poche. Je la pris et la
parcourus.

'' Je note d'abord qu'il n'y a que treize personnes que
leur initiale désigne à notre attention.

— Treize seulement ?

— En première classe, oui. Sur ces treize messieurs
R . . ., comme vous pouvez vous en assurer, neuf sont
accompagnés de femmes, d'enfants ou de domestiques.
Restent quatre personnages isolés : le marquis de
Ravesdan. . . .

— Secrétaire d'ambassade, interrompit miss Nelly, je
le connais.

— Le major Rawson . . .

— C'est mon oncle, dit quelqu'un.

— M. Rivolta . . .

[1] *vous vous avancez beaucoup*, vous vous flattez.

— Présent," s'écria l'un de nous, un Italien dont la figure disparaissait sous une barbe du plus beau noir.

Miss Nelly éclata de rire.

" Monsieur n'est pas précisément blond.

— Alors, repris-je, nous sommes obligés de conclure que le coupable est le dernier de la liste.

— C'est-à-dire ?

— C'est-à-dire, M. Rozaine. Quelqu'un connaît-il M. Rozaine ? "

On se tut. Mais miss Nelly, interpellant le jeune homme taciturne dont l'assiduité près d'elle me tourmentait, lui dit :

" Eh bien, monsieur Rozaine, vous ne répondez pas ? "

On tourna les yeux vers lui. Il était blond.

Avouons-le, je sentis comme un petit choc au fond de moi. Et le silence gêné qui pesa sur nous m'indiqua que les autres assistants éprouvaient aussi cette sorte de suffocation. C'était absurde d'ailleurs, car enfin rien dans les allures de ce monsieur ne permettait qu'on le suspectât.

" Pourquoi je ne réponds pas ? dit-il, mais parce que, vu mon nom, ma qualité de voyageur isolé et la couleur de mes cheveux, j'ai déjà procédé à une enquête analogue et que je suis arrivé au même résultat. Je suis donc d'avis qu'on m'arrête."

Il avait un drôle d'air, en prononçant ces paroles. Ses lèvres minces comme deux traits inflexibles s'amincirent encore et pâlirent. Des filets de sang strièrent ses yeux.

Certes, il plaisantait. Pourtant sa physionomie, son attitude nous impressionnèrent. Naïvement, miss Nelly demanda :

" Mais vous n'avez pas de blessure ?

— Il est vrai, dit-il, la blessure manque."

D'un geste nerveux, il releva sa manchette et découvrit

son bras. Mais aussitôt une idée me frappa. Mes yeux
croisèrent ceux de miss Nelly ; il avait montré le bras
gauche.

Et ma foi j'allais en faire nettement la remarque, quand
un incident détourna notre attention. Lady Jerland,
l'amie de miss Nelly, arrivait en courant.

Elle était bouleversée. On s'empressa autour d'elle,
et ce n'est qu'après bien des efforts qu'elle réussit à
balbutier :

" Mes bijoux, mes perles ! . . . on a tout pris ! . . ."

Non, on n'avait pas tout pris, comme nous le sûmes par
la suite ; chose bien plus curieuse : on avait choisi !

De l'étoile en diamants, du pendentif en cabochons [1]
de rubis, des colliers et des bracelets brisés, on avait enlevé,
non point les pierres les plus grosses, mais les plus fines, les
plus précieuses, celles, aurait-on dit, qui avaient le plus de
valeur en tenant le moins de place. Les montures gisaient
là sur la table. Je les vis, tous nous les vîmes, dépouillées
de leurs joyaux comme des fleurs dont on eût arraché les
beaux pétales étincelants et colorés.

Et pour exécuter ce travail, il avait fallu, pendant
l'heure où lady Jerland prenait le thé, il avait fallu, en
plein jour, et dans un couloir fréquenté, fracturer la porte
de la cabine, trouver un petit sac, dissimulé à dessein [2] au
fond d'un carton à chapeau, l'ouvrir et choisir !

Il n'y eut qu'un cri parmi nous. Il n'y eut qu'une
opinion parmi tous les passagers, lorsque le vol fut connu :
c'est Arsène Lupin. Et de fait, c'était bien sa manière
compliquée, mystérieuse, inconcevable . . . et logique
cependant, car s'il était difficile de recéler la masse en-
combrante qu'eût formé l'ensemble des bijoux, combien

---

[1] *cabochons*, pierres précieuses polies mais non taillées.

[2] *à dessein*, exprès.

moindre était l'embarras avec de petites choses indépendantes les unes des autres, perles, émeraudes et saphirs.

Et au dîner, il se passa ceci : à droite et à gauche de Rozaine, les deux places restèrent vides. Et le soir on sut qu'il avait été convoqué par le commandant.

Son arrestation, que personne ne mit en doute, causa un véritable soulagement. On respirait enfin. Ce soir-là on joua aux petits jeux. On dansa. Miss Nelly, surtout, montra une gaieté étourdissante qui me fit voir que si les hommages de Rozaine avaient pu lui agréer [1] au début, elle ne s'en souvenait guère. Sa grâce acheva de me conquérir. Vers minuit, à la clarté sereine de la lune, je lui affirmai mon dévouement avec une émotion qui ne parut pas lui déplaire.

Mais le lendemain, à la stupeur générale, on apprit que, les charges relevées contre lui n'étant pas suffisantes, Rozaine était libre.

Fils d'un négociant considérable de Bordeaux, il avait exhibé des papiers parfaitement en règle. En outre, ses bras n'offraient pas la moindre trace de blessure.

" Des papiers ! des actes de naissance ! [2] s'écrièrent les ennemis de Rozaine, mais Arsène Lupin vous en fournira tant que vous voudrez ! Quant à la blessure, c'est qu'il n'en a pas reçu ... ou qu'il en a effacé la trace ! "

On leur objectait qu'à l'heure du vol, Rozaine — c'était démontré — se promenait sur le pont. A quoi ils ripostaient :

" Est-ce qu'un homme de la trempe d'Arsène Lupin a besoin d'assister au vol qu'il commet ? "

Et puis, en dehors de toute considération étrangère, il y avait un point sur lequel les plus sceptiques ne pouvaient

---

[1] *agréer*, plaire. [2] *actes de naissance*, birth-certificates.

épiloguer. Qui, sauf Rozaine, voyageait seul, était blond, et portrait un nom commençant par R ? Qui le télégramme désignait-il si ce n'était Rozaine ?

Et quand Rozaine, quelques minutes avant de déjeuner, se dirigea audacieusement vers notre groupe, miss Nelly et lady Jerland se levèrent et s'éloignèrent.

C'était bel et bien [1] de la peur.

Une heure plus tard, une circulaire manuscrite passait de main en main parmi les employés du bord, les matelots, les voyageurs de toutes classes : M. Louis Rozaine promettait une somme de dix mille francs à qui démasquerait Arsène Lupin, ou trouverait le possesseur des pierres dérobées.[2]

" Et si personne ne me vient en aide contre ce bandit, déclara Rozaine au commandant, moi, je lui ferai son affaire." [3]

Rozaine contre Arsène Lupin, ou plutôt, selon le mot qui courut, Arsène Lupin lui-même contre Arsène Lupin, la lutte ne manquait pas d'intérêt !

Elle se prolongea durant deux journées.

On vit Rozaine errer de droite et de gauche, se mêler au personnel, interroger, fureter. On aperçut, son ombre, la nuit, qui rôdait.

De son côté, le commandant déploya l'énergie la plus active. Du haut en bas, en tous les coins, la *Provence* fut fouillée. On perquisitionna dans toutes les cabines, sans exception, sous le prétexte fort juste que les objets étaient cachés dans n'importe quel endroit, sauf dans la cabine du coupable.

" On finira bien par découvrir quelque chose, n'est-ce pas ? me demandait miss Nelly. Tout sorcier qu'il soit,

---

[1] *bel et bien*, véritablement. [2] *dérobées*, volées.
[3] *je lui ferai son affaire*, I will deal with him.

B

il ne peut faire que des diamants et des perles deviennent invisibles.

— Mais si, lui répondis-je, ou alors il faudrait explorer la coiffe de nos chapeaux, la doublure de nos vestes, et tout ce que nous portons sur nous.''

Et lui montrant mon kodak, un 9 × 12 avec lequel je ne me lassais pas de la photographier dans les attitudes les plus diverses :

'' Rien que dans un appareil pas plus grand que celui-ci, ne pensez-vous pas qu'il y aurait place pour toutes les pierres précieuses de lady Jerland.   On affecte de prendre des vues et le tour est joué.

— Mais cependant j'ai entendu dire qu'il n'y a point de voleur qui ne laisse derrière lui un indice quelconque.

— Il y en a un :   Arsène Lupin.

— Pourquoi ?

— Pourquoi ?   parce qu'il ne pense pas seulement au vol qu'il commet, mais à toutes les circonstances qui pourraient le dénoncer.

— Au début, vous étiez plus confiant.

— Mais depuis je l'ai vu à l'œuvre.

— Et alors, selon vous ?

— Selon moi, on perd son temps.''

Et de fait, les investigations ne donnaient aucun résultat, ou du moins, celui qu'elles donnèrent ne correspondait pas à l'effort général : la montre du commandant lui fut volée.

Furieux, il redoubla d'ardeur et surveilla de plus près encore Rozaire avec qui il avait eu plusieurs entrevues. Le lendemain, ironie charmante, on retrouvait la montre parmi les faux-cols du commandant en second.

Tout cela avait un air de prodige, et dénonçait bien la manière humoristique d'Arsène Lupin, cambrioleur, soit,

mais dilettante aussi. Il travaillait par goût et par voca-
tion, certes, mais par amusement aussi. Il donnait
l'impression du monsieur qui se divertit à la pièce qu'il
fait jouer, et qui dans la coulisse, rit à gorge déployée [1]
de ses traits d'esprit, et des situations qu'il imagina.

Décidément, c'était un artiste en son genre, et quand
j'observais Rozaine, sombre et opiniâtre, et que je songeais
au double rôle que tenait sans doute ce curieux personnage,
je ne pouvais en parler sans une certaine admiration.

Or, l'avant-dernière nuit, l'officier de quart [2] entendit des
gémissements à l'endroit le plus obscur du pont. Il
s'approcha. Un homme était étendu, la tête enveloppée
dans une écharpe grise très épaisse, les poignets ficelés à
l'aide d'une fine cordelette.

On le délivra de ses liens. On le releva, des soins lui
furent prodigués.

Cet homme c'était Rozaine.

C'était Rozaine assailli au cours d'une de ses expédi-
tions, terrassé et dépouillé. Une carte de visite fixée par
une épingle à son vêtement portait ces mots : '' Arsène
Lupin accepte avec reconnaissance les dix mille francs de
M. Rozaine.''

En réalité, le portefeuille dérobé contenait vingt billets
de mille.

Naturellement, on accusa le malheureux d'avoir simulé
cette attaque contre lui-même. Mais, outre qu'il lui eût
été impossible de se lier de cette façon, il fut établi que
l'écriture de la carte différait absolument de l'écriture de
Rozaine, et ressemblait au contraire, à s'y méprendre, [3] à
celle d'Arsène Lupin, telle que la reproduisait un ancien
journal trouvé a bord.

[1] *à gorge déployée*, heartily.   [2] *de quart*, of the watch.
[3] *à s'y méprendre*, unmistakably.

Ainsi donc, Rozaine n'était plus Arsène Lupin. Rozaine était Rozaine, fils d'un négociant de Bordeaux ! Et la présence d'Arsène Lupin s'affirmait une fois de plus, et par quel acte redoutable !

Ce fut la terreur. On n'osa plus rester seul dans sa cabine, et pas davantage s'aventurer seul aux endroits trop écartés. Prudemment on se groupait entre gens sûrs les uns des autres. Et encore, une défiance instinctive divisait les plus intimes. C'est que la menace ne provenait pas d'un individu isolé, et par là même moins dangereux. Arsène Lupin maintenant c'était . . . c'était tout le monde. Notre imagination surexcitée lui attribuait un pouvoir miraculeux et illimité. On le supposait capable de prendre les déguisements les plus inattendus, d'être tour à tour le respectable major Rawson ou le noble marquis de Raverdan, ou même, car on ne s'arrêtait plus à l'initiale accusatrice, ou même telle ou telle personne connue de tous ayant femme, enfants, domestiques.

Les premières dépêches sans fil n'apportèrent aucune nouvelle. Du moins le commandant ne nous en fit point part,[1] et un tel silence n'était pas pour nous rassurer.

Aussi, le dernier jour parut-il interminable. On vivait dans l'attente anxieuse d'un malheur. Cette fois, ce ne serait plus un vol, ce ne serait plus une simple agression, ce serait le crime, le meurtre. On n'admettait pas qu'Arsène Lupin s'en tînt à ces deux larcins insignifiants. Maître absolu du navire, les autorités réduites à l'impuissance, il n'avait qu'à vouloir, tout lui était permis, il disposait [2] des biens et des existences.

Heures délicieuses pour moi, je l'avoue, car elles me valurent la confiance de miss Nelly. Impressionnée par

---

[1] *ne nous en fit point part*, did not inform us.
[2] *il disposait*, il contrôlait, il était le maître de.

tant d'événements, de nature déjà inquiète, elle chercha spontanément à mes côtés une protection, une sécurité que j'étais heureux de lui offrir.

Au fond, je bénissais Arsène Lupin.   N'était-ce pas lui qui nous rapprochait ?   N'était-ce pas grâce à lui que j'avais le droit de m'abandonner aux plus beaux rêves ? Rêves d'amour et rêves moins chimériques, pourquoi ne pas le confesser ?   Les Andrézy sont de bonne souche poitevine,[1] mais leur blason est quelque peu dédoré, et il ne me paraît pas indigne d'un gentilhomme de songer à rendre à son nom le lustre perdu.

Et ces rêves, je le sentais, n'offusquaient point Nelly. Ses yeux souriants m'autorisaient à les faire.   La douceur de sa voix me disait d'espérer.

Et jusqu'au dernier moment, accoudés au bastingage, nous restâmes l'un près de l'autre, tandis que la ligne des côtes américaines voguait au-devant de nous.

On avait interrompu les perquisitions.   On attendait. Depuis les premières jusqu'à l'entrepont où grouillaient les émigrants, on attendait la minute suprême où s'expliquerait enfin l'insoluble énigme.   Qui était Arsène Lupin ?   Sous quel nom, sous quel masque se cachait le fameux Arsène Lupin ?

Et cette minute suprême arriva.   Dussé-je vivre cent ans, je n'en oublierais pas le plus infime détail.

" Comme vous êtes pâle, miss Nelly, dis-je à ma compagne qui s'appuyait à mon bras, toute défaillante.

— Et vous, me répondit-elle, ah ! vous êtes si changé.

— Songez donc ! cette minute est passionnante, et je suis si heureux de la vivre auprès de vous, miss Nelly.   Il me semble que votre souvenir s'attardera quelquefois. . . . "

Elle n'écoutait pas, haletante et fiévreuse.   La passe-

---

[1] *de bonne souche poitevine*, d'une vieille famille de Poitou.

relle s'abattit.[1] Mais avant que nous eûmes la liberté de la franchir, des gens montèrent à bord, des douaniers, des hommes en uniforme, des facteurs.

Miss Nelly balbutia :

" On s'apercevrait qu'Arsène Lupin s'est échappé pendant la traversée que je n'en serais pas surprise.

— Il a peut-être préféré la mort au déshonneur, et plongé dans l'Atlantique plutôt que d'être arrêté.

— Ne riez pas," fit-elle agacée.

Soudain je tressaillis, et comme elle me questionnait, je lui dis :

" Vous voyez ce vieux petit homme debout à l'extrémité de la passerelle.

— Avec un parapluie et une redingote vert-olive ?

— C'est Ganimard.

— Ganimard ?

— Oui, le célèbre policier, celui qui a juré qu'Arsène Lupin serait arrêté de sa propre main. Ah ! je comprends que l'on n'ait pas eu de renseignements de ce côté de l'Océan. Ganimard était là. Il aime bien que personne ne s'occupe de ses petites affaires.

— Alors Arsène Lupin est sûr d'être pris.

— Qui sait ? Ganimard ne l'a jamais vu, paraît-il, que grimé[2] et déguisé. A moins qu'il ne connaisse son nom d'emprunt. . . .

— Ah ! dit-elle, avec cette curiosité un peu cruelle de la femme, si je pouvais assister à l'arrestation !

— Patientons. Certainement Arsène Lupin a déjà remarqué la présence de son ennemi. Il préférera sortir parmi les derniers, quand l'œil du vieux sera fatigué."

Le débarquement commença. Appuyé sur son para-

---

[1] *La passerelle s'abattit*, the gangway was lowered.
[2] *grimé*, vieilli par des rides artificielles, maquillé.

pluie, l'air indifférent, Ganimard ne semblait pas prêter attention à la foule qui se pressait entre les deux balustrades. Je notai qu'un officier du bord, posté derrière lui, le renseignait de temps à autre.

Le marquis de Raverdan, le major Rawson, l'Italien Rivolta, défilèrent, et d'autres, et beaucoup d'autres. . . . Et j'aperçus Rozaine qui s'approchait.

Pauvre Rozaine ! Il ne paraissait pas remis de ses mésaventures.

" C'est peut-être lui tout de même, me dit miss Nelly. . . . Qu'en pensez-vous ?

— Je pense qu'il serait fort intéressant d'avoir sur une même photographie Ganimard et Rozaine. Prenez donc mon appareil, je suis si chargé."

Je le lui donnai, mais trop tard pour qu'elle s'en servît. Rozaine passait. L'officier se pencha à l'oreille de Ganimard, celui-ci haussa légèrement les épaules, et Rozaine passa.

Mais alors, mon Dieu, qui était Arsène Lupin ?

" Oui, fit-elle à haute voix, qui est-ce ? "

Il n'y avait plus qu'une vingtaine de personnes. Elle les observait tour à tour avec la crainte confuse qu'il ne fût pas, *lui*, au nombre de ces vingt personnes.

Je lui dis :

" Nous ne pouvons attendre plus longtemps."

Elle s'avança. Je la suivis. Mais nous n'avions pas fait dix pas que Ganimard nous barra le passage.

" Eh bien quoi ? m'écriai-je.

— Un instant, monsieur, qui vous presse ?

" Un instant, répéta-t-il d'une voix plus impérieuse.

— J'accompagne mademoiselle."

Il me dévisagea profondément, puis il me dit, les yeux dans les yeux :

" Arsène Lupin, n'est-ce pas ? "

Je me mis à rire.

" Non, Bernard d'Andrézy, tout simplement.

— Bernard d'Andrézy est mort il y a trois ans en Macédoine.

— Si Bernard d'Andrézy était mort, je ne serais plus de ce monde. Et ce n'est pas le cas. Voici mes papiers.

— Ce sont les siens. Comment les avez-vous, c'est ce que j'aurai le plaisir de vous expliquer.

— Mais vous êtes fou ! Arsène Lupin s'est embarqué sous le nom de R.

— Oui, encore un truc de vous, une fausse piste sur laquelle vous les avez lancés, là-bas ! Ah ! vous êtes d'une jolie force, mon gaillard. Mais cette fois, la chance a tourné. Voyons, toi Lupin, montre-toi beau joueur." [1]

J'hésitai une seconde. D'un coup sec il me frappa sur l'avant-bras droit. Je poussai un cri de douleur. Il avait frappé sur la blessure encore mal fermée que signalait le télégramme.

Allons, il fallait se résigner. Je me tournai vers miss Nelly. Elle écoutait, livide, chancelante.

Son regard rencontra le mien, puis s'abaissa sur le kodak que je lui avais remis. Elle fit un geste brusque, et j'eus l'impression, j'eus la certitude qu'elle comprenait tout à coup. Oui, c'était là, entre les parois étroites de chagrin [2] noir, au creux du petit objet que j'avais eu la précaution de déposer entre ses mains avant que Ganimard ne m'arrêtât, c'était bien là que se trouvaient les vingt mille francs de Rozaine, les perles et les diamants de lady Jerland.

Ah ! je le jure, à ce moment solennel, alors que Gani-

---

[1] *beau joueur*, a good sportsman, a good loser.
[2] *chagrin*, shagreen.

mard et deux de ses acolytes m'entouraient, tout me fut indifférent, mon arrestation, l'hostilité des gens, tout, hors ceci : la résolution qu'allait prendre miss Nelly au sujet de ce que je lui avais confié.

Que l'on eût contre moi cette preuve matérielle et décisive, je ne songeais même pas à le redouter, mais cette preuve, miss Nelly se déciderait-elle à la fournir ?

Serais-je trahi par elle ? perdu par elle ? Agirait-elle en ennemie qui ne pardonne pas, ou bien en femme qui se souvient et dont le mépris s'adoucit d'un peu d'indulgence, d'un peu de sympathie involontaire ?

Elle passa devant moi, je la saluai très bas, sans un mot. Mêlée aux autres voyageurs, elle se dirigea vers la passerelle, mon kodak à la main.

Sans doute, pensai-je, elle n'ose pas, en public. C'est dans une heure, dans un instant, qu'elle le donnera.

Mais, arrivée au milieu de la passerelle, par un mouvement de maladresse simulée, elle le laissa tomber dans l'eau, entre le mur du quai et le flanc du navire.

Puis, je la vis s'éloigner.

Sa jolie silhouette se perdit dans la foule, m'apparut de nouveau et disparut. C'était fini, fini pour jamais.

Un instant, je restai immobile, triste à la fois et pénétré d'un doux attendrissement, puis je soupirai au grand étonnement de Ganimard :

" Dommage, tout de même, de ne pas être un honnête homme. . . ."

C'est ainsi qu'un soir d'hiver, Arsène Lupin me raconta l'histoire de son arrestation. Le hasard d'incidents dont j'écrirai quelque jour le récit avait noué entre nous des liens . . . dirais-je d'amitié ? Oui, j'ose croire qu'Arsène Lupin m'honore de quelque amitié, et que c'est par amitié qu'il arrive parfois chez moi à l'improviste, apportant, dans le silence de mon cabinet de travail, sa gaîté juvénile, le rayonnement de sa vie ardente, sa belle humeur d'homme pour qui la destinée n'a que faveurs et sourires.

Son portrait ? Comment pourrais-je le faire ? Vingt fois j'ai vu Arsène Lupin, et vingt fois c'est un être différent qui m'est apparu . . . ou plutôt, le même être dont vingt miroirs m'auraient renvoyé autant d'images déformées, chacune ayant ses yeux particuliers, sa forme spéciale de figure, son geste propre, sa silhouette et son caractère.

" Moi-même, me dit-il, je ne sais plus bien qui je suis. Dans une glace je ne me reconnais plus."

Boutade,[1] certes, et paradoxe, mais vérité à l'égard de ceux qui le rencontrent et qui ignorent ses ressources infinies, sa patience, son art du maquillage, sa prodigieuse faculté de transformer jusqu'aux proportions de son visage, et d'altérer le rapport même de ses traits entre eux.

" Pourquoi, dit-il encore, aurais-je une apparence définie ? Pourquoi ne pas éviter ce danger d'une personnalité toujours identique ? Mes actes me désignent suffisamment."

Et il précise avec une pointe d'orgueil :

" Tant mieux si l'on ne peut jamais dire en toute certitude : Voici Arsène Lupin. L'essentiel est qu'on dise sans crainte d'erreur : Arsène Lupin a fait cela."

Ce sont quelques-uns de ces actes, quelques-unes de ces aventures que j'essaie de reconstituer, d'après les confidences dont il eut la bonne grâce de me favoriser, certains soirs d'hiver, dans le silence de mon cabinet de travail. . . .

---

[1] *Boutade*, saillie d'esprit.

QUESTIONNAIRE I

1. Quelle fut la dépêche reçue par le capitaine de la *Provence* ?
2. Pourquoi ne put-on pas savoir le nom sous lequel Arsène Lupin voyageait ?
3. Qu'est-ce que Lupin avait écrit sur la carte adressée au baron Schormann ?
4. Qui était miss Nelly ? Pourquoi était-elle toujours entourée de messieurs ?
5. Pourquoi M. Rozaine fut-il suspect ?
6. Pourquoi lady Jerland était-elle bouleversée ?
7. A qui M. Rozaine promettait-il une récompense de dix mille francs ?
8. Comment trouva-t-on Rozaine, l'avant-dernière nuit du voyage ?
9. Qui était Ganimard ? Comment était-il habillé ? Qu'est-ce qu'il avait juré de faux ?
10. Pourquoi M. d'Andrézy a-t-il passé à miss Nelly son appareil photographique ?
11. Pourquoi M. d'Andrézy a-t-il poussé un cri de douleur ?
12. Qu'est-ce que Lupin avait fait des vingt mille francs de Rozaine et des bijoux de lady Jerland ?
13. Que fit miss Nelly du kodak de Lupin ? Quel fut son motif ?

ARSÈNE LUPIN EN PRISON

Il n'est point de touriste digne de ce nom qui ne connaisse les bords de la Seine, et qui n'ait remarqué, en allant des ruines de Jumièges aux ruines de Saint-Wandrille, l'étrange petit château féodal du Malaquis, si fièrement campé sur sa roche, en pleine rivière.[1] L'arche d'un pont le relie à la route. La base de ses tourelles sombres se confond avec le granit qui le supporte, bloc énorme, détaché d'on ne sait quelle montagne et jeté là par quelque formidable convulsion. Tout autour, l'eau calme du grand fleuve joue parmi les roseaux, et des bergeronnettes tremblent sur la crête humide des cailloux.

L'histoire du Malaquis est rude comme son nom, revêche comme sa silhouette. Ce ne fut que combats, sièges, assauts, rapines et massacres. Aux veillées [2] du pays de Caux, on évoque en frissonnant les crimes qui s'y commirent. On raconte de mystérieuses légendes. On parle du fameux souterrain qui conduisait jadis à l'abbaye de Jumièges et au manoir d'Agnès Sorel, la belle amie de Charles VII.

Dans cet ancien repaire de héros et de brigands habite le baron Nathan Cahorn, le baron Satan, comme on l'appelait jadis à la Bourse [3] où il s'est enrichi un peu trop brusquement. Les seigneurs du Malaquis, ruinés, ont dû

---

[1] *en pleine rivière*, au milieu de la rivière.

[2] *La veillée*, temps qui s'écoule depuis le repas du soir jusqu'au coucher.

[3] *la Bourse*, le " Stock Exchange " de Paris.

lui vendre, pour un morceau de pain, la demeure de leurs ancêtres. Il y a installé ses admirables collections de meubles et de tableaux, de faïences et de bois sculptés. Il y vit seul, avec trois vieux domestiques. Nul n'y pénètre jamais. Nul n'a jamais contemplé dans le décor de ces salles antiques les trois Rubens,[1] qu'il possède, ses deux Watteau,[2] sa chaire de Jean Goujon,[3] et tant d'autres merveilles arrachées à coups de billets de banque aux plus riches habitués des ventes publiques.

Le baron Satan a peur. Il a peur non point pour lui, mais pour les trésors accumulés avec une passion si tenace et la perspicacité d'un amateur que les plus madrés des marchands ne peuvent se vanter d'avoir induit en erreur. Il les aime. Il les aime âprement, comme un avare ; jalousement, comme un amoureux.

Chaque jour au coucher du soleil, les quatre portes bardées de fer qui commandent les deux extrémités du pont et l'entrée de la cour d'honneur, sont fermées et verrouillées. Au moindre choc, des sonneries électriques vibreraient dans le silence. Du côté de la Seine, rien à craindre : le roc s'y dresse à pic.

Or, un vendredi de septembre, le facteur se présenta comme d'ordinaire à la tête-de-pont. Et, selon la règle quotidienne, ce fut le baron qui entrebâilla le lourd battant.

Il examina l'homme aussi minutieusement que s'il ne connaissait pas déjà, depuis des années, cette bonne face réjouie et ces yeux narquois de paysan, et l'homme lui dit en riant :

" C'est toujours moi, monsieur le baron. Je ne suis pas un autre qui aurait pris ma blouse et ma casquette.

---

[1] *Rubens* (1577–1646), célèbre peintre flamand.
[2] *Watteau* (1684–1721), peintre français de sujets galants et pastoraux.
[3] *Jean Goujon*, célèbre sculpteur français du 16e siècle.

— Sait-on jamais ? '' murmura Cahorn.

Le facteur lui remit une pile de journaux. Puis il ajouta :

'' Et maintenant, monsieur le baron, il y a du nouveau.

— Du nouveau ?

— Une lettre . . . et recommandée,[1] encore.''

Isolé, sans amis ni personne qui s'intéressât à lui, jamais le baron ne recevait de lettre, et tout de suite cela lui parut un événement de mauvais augure dont il y avait lieu de s'inquiéter. Quel était ce mystérieux correspondant qui venait le relancer [2] dans sa retraite ?

'' Il faut signer, monsieur le baron.''

Il signa en maugréant. Puis il prit la lettre, attendit que le facteur eût disparu au tournant de la route, et après avoir fait quelques pas de long en large, il s'appuya contre le parapet du pont et déchira l'enveloppe. Elle portait une feuille de papier quadrillé avec cet en-tête manuscrit : Prison de la Santé, Paris. Il regarda la signature : *Arsène Lupin*. Stupéfait, il lut :

'' Monsieur le baron,

    '' Il y a, dans la galerie qui réunit vos deux salons, un tableau de Philippe de Champaigne d'excellente facture et qui me plaît infiniment. Vos Rubens sont aussi de mon goût, ainsi que votre plus petit Watteau. Dans le salon de droite, je note la crédence Louis XIII., les tapisseries de Beauvais, le guéridon Empire signé Jacob et le bahut Renaissance. Dans celui de gauche, toute la vitrine des bijoux et des miniatures.

    '' Pour cette fois, je me contenterai de ces objets qui seront, je crois, d'un écoulement facile.[3] Je vous prie donc

---

[1] *recommandée*, registered.   [2] *relancer*, to hunt out.

[3] *d'un écoulement facile*, faciles à vendre.

de les faire emballer convenablement et de les expédier à
mon nom (port payé), en gare des Batignolles, avant huit
jours . . . faute de quoi, je ferai procéder moi-même à leur
déménagement dans la nuit du mercredi 27 au jeudi 28
septembre.   Et, comme de juste, je ne me contenterai pas
des objets sus-indiqués.

" Veuillez excuser le petit dérangement que je vous
cause, et accepter l'expression de mes sentiments de re-
spectueuse considération.   ARSÈNE LUPIN."

Cette lettre bouleversa le baron Cahorn.   Signée de
tout autre, elle l'eût déjà considérablement alarmé, mais
signée d'Arsène Lupin !

Lecteur assidu des journaux, au courant de tout ce qui
se passait dans le monde en fait de vol et de crime, il
n'ignorait rien des exploits de l'infernal cambrioleur.
Certes, il savait que Lupin, arrêté en Amérique par son
ennemi Ganimard, était bel et bien incarcéré, que l'on
instruisait son procès[1] — avec quelle peine ! — Mais il
savait aussi que l'on pouvait s'attendre à tout de sa part.
D'ailleurs, cette connaissance exacte du château, de la
disposition des tableaux et des meubles, était un indice
des plus redoutables.   Qui l'avait renseigné sur des choses
que nul n'avait vues ?

Le baron leva les yeux et contempla la silhouette
farouche du Malaquis, son piédestal abrupt, l'eau profonde qui l'entoure, et haussa les épaules.   Non, décidément, il n'y avait point de danger.   Personne au monde
ne pouvait pénétrer jusqu'au sanctuaire inviolable de ses
collections.

Personne, soit, mais Arsène Lupin ?   Pour Arsène
Lupin, est-ce qu'il existe des portes, des ponts-levis, des

_____
[1] _l'on instruisait son procès_, his trial was being prepared.

murailles ? A quoi servent les obstacles les mieux imaginés, les précautions les plus habiles, si Arsène Lupin a décidé d'atteindre tel but ?

Le soir même, il écrivit au procureur de la République[1] de Rouen. Il envoyait la lettre de menaces et réclamait aide et protection.

La réponse ne tarda point : le nommé Arsène Lupin étant actuellement détenu à la Santé, surveillé de près, et dans l'impossibilité d'écrire, la lettre ne pouvait être que l'œuvre d'un mystificateur. Tout le démontrait, la logique et le bon sens, comme la réalité des faits. Toutefois, et par excès de prudence, on avait commis un expert à l'examen de l'écriture, et l'expert déclarait que, malgré certaines analogies, cette écriture n'était pas celle du détenu.

" Malgré certaines analogies," le baron ne retint que ces trois mots effarants, où il voyait l'aveu d'un doute qui, à lui seul, aurait dû suffire pour que la justice intervînt. Ses craintes s'exaspérèrent. Il ne cessait de relire la lettre. " Je ferai procéder moi-même au déménagement." Et cette date précise : la nuit du mercredi 27 au jeudi 28 septembre ! ...

Soupçonneux et taciturne, il n'avait pas osé se confier à ses domestiques, dont le dévouement ne lui paraissait pas à l'abri de toute épreuve. Cependant, pour la première fois depuis des années, il éprouvait le besoin de parler, de prendre conseil. Abandonné par la justice de son pays, il n'espérait plus se défendre avec ses propres ressources, et il fut sur le point d'aller jusqu'à Paris et d'implorer l'assistance de quelque ancien policier.

Deux jours s'écoulèrent. Le troisième, en lisant ses

[1] *procureur de la République*, public prosecutor, state attorney.

journaux, il tressaillit de joie. Le *Réveil de Caudebec* publiait cet entrefilet :

" Nous avons le plaisir de posséder dans nos murs, depuis trois semaines, l'inspecteur principal Ganimard, un des vétérans du service de la Sûreté. M. Ganimard, à qui l'arrestation d'Arsène Lupin, sa dernière prouesse, a valu une réputation européenne, se repose de ses longues fatigues en taquinant le goujon et l'ablette."

Ganimard ! voilà bien l'auxiliaire que cherchait le baron Cahorn ! Qui mieux que le retors et patient Ganimard saurait déjouer les projets de Lupin ?

Le baron n'hésita pas. Six kilomètres séparent le château de la petite ville de Caudebec. Il les franchit d'un pas allègre, en homme que surexcite l'espoir du salut.

Après plusieurs tentatives infructueuses pour connaître l'adresse de l'inspecteur principal, il se dirigea vers les bureaux du *Réveil*, situés au milieu du quai. Il y trouva le rédacteur de l'entrefilet qui, s'approchant de la fenêtre, s'écria :

" Ganimard ? mais vous êtes sûr de le rencontrer le long du quai, la ligne à la main. C'est là que nous avons lié connaissance, et que j'ai lu par hasard son nom gravé sur sa canne à pêche. Tenez, le petit vieux que l'on aperçoit là-bas, sous les arbres de la promenade.

— En redingote et en chapeau de paille ?

— Justement ! Ah ! un drôle de type pas causeur et plutôt bourru."

Cinq minutes après, le baron abordait le célèbre Ganimard, se présentait et tâchait d'entrer en conversation. N'y parvenant point, il aborda franchement la question et exposa son cas.

L'autre écouta, immobile, sans perdre de vue le poisson

c

qu'il guettait, puis il tourna la tête vers lui, le toisa des pieds à la tête d'un air de profonde pitié, et prononça :

" Monsieur, ce n'est guère l'habitude de prévenir les gens que l'on veut dépouiller. Arsène Lupin, en particulier, ne commet pas de pareilles bourdes.

— Cependant . . .

— Monsieur, si j'avais le moindre doute, croyez bien que le plaisir d'attraper encore une fois ce cher Lupin l'emporterait sur toute autre considération. Par malheur, ce jeune homme est sous les verrous.

— S'il s'échappe ? . . .

— On ne s'échappe pas de la Santé.

— Mais lui . . .

— Lui, pas plus qu'un autre.

— Cependant . . .

— Eh bien, s'il s'échappe, tant mieux, je le repincerai. En attendant, dormez sur vos deux oreilles, et n'effarouchez pas davantage cette ablette."

La conversation était finie. Le baron retourna chez lui, un peu rassuré par l'insouciance de Ganimard. Il vérifia les serrures, espionna les domestiques, et quarante-huit heures se passèrent pendant lesquelles il arriva presque à se persuader que, somme toute, ses craintes étaient chimériques. Non, décidément, comme l'avait dit Ganimard, on ne prévient pas les gens que l'on veut dépouiller.

La date approchait. Le matin du mardi, veille du 27, rien de particulier. Mais à trois heures, un gamin sonna. Il apportait une dépêche.

" Aucun colis en gare Batignolles. Préparez tout pour demain soir. " ARSÈNE."

De nouveau, ce fut l'affolement, à tel point qu'il se demanda s'il ne céderait pas aux exigences d'Arsène Lupin.

Il courut à Caudebec. Ganimard pêchait à la même place, assis sur un pliant. Sans un mot, il lui tendit le télégramme.

" Et après ? fit l'inspecteur.

— Après ? mais c'est pour demain !

— Quoi ?

— Le cambriolage ! le pillage de mes collections ! "

Ganimard déposa sa ligne, se tourna vers lui, et, les deux bras croisés sur sa poitrine, s'écria d'un ton d'impatience :

" Ah ! ça, est-ce que vous vous imaginez que je vais m'occuper d'une histoire aussi stupide !

— Quelle indemnité demandez-vous pour passer au château la nuit du 27 au 28 septembre ?

— Pas un sou, fichez-moi la paix.[1]

— Fixez votre prix, je suis riche, extrêmement riche."

La brutalité de l'offre déconcerta Ganimard qui reprit, plus calme :

" Je suis ici en congé et je n'ai pas le droit de me mêler. . . .

— Personne ne le saura. Je m'engage, quoi qu'il arrive, à garder le silence.

— Oh, il n'arrivera rien.

— Eh ! bien, voyons, trois mille francs, est-ce assez ? "

L'inspecteur huma une prise de tabac, réfléchit, et laissa tomber : "Soit. Seulement, je dois vous déclarer loyalement que c'est de l'argent jeté par la fenêtre.

— Ça m'est égal.

— En ce cas. . . . Et puis, après tout, est-ce qu'on sait avec ce diable de Lupin ! Il doit avoir à ses ordres

---

[1] *fichez-moi la paix*, laissez-moi tranquille, allez-vous en.

toute une bande. . . . Etes-vous sûr de vos domestiques ?

— Ma foi. . . .

— Alors, ne comptons pas sur eux. Je vais prévenir par dépêche deux gaillards de mes amis qui nous donneront plus de sécurité. . . . Et maintenant, filez, qu'on ne nous voie pas ensemble. A demain, vers les neuf heures."

.   .   .   .   .   .

Le lendemain, date fixée par Arsène Lupin, le baron Cahorn décrocha sa panoplie, fourbit ses armes, et se promena aux alentours de Malaquis. Rien d'équivoque ne le frappa.

Le soir, à huit heures et demie, il congédia ses domestiques. Ils habitaient une aile en façade sur la route, mais un peu en retrait, et tout au bout du château. Une fois seul, il ouvrit doucement les quatre portes. Après un moment, il entendit des pas qui s'approchaient.

Ganimard présenta ses deux auxiliaires, grands gars solides, au cou de taureau et aux mains puissantes, puis demanda certaines explications. S'étant rendu compte de la disposition des lieux, il ferma soigneusement et barricada toutes les issues par où l'on pouvait pénétrer dans les salles menacées. Il inspecta les murs, souleva les tapisseries, puis enfin il installa ses agents dans la galerie centrale.

" Pas de bêtises, hein ? On n'est pas ici pour dormir. A la moindre alerte, ouvrez les fenêtres de la cour et appelez-moi. Attention aussi du côté de l'eau. Dix mètres de falaise droite, des diables de leur calibre, ça ne les effraye pas."

Il les enferma, emporta les clefs, et dit au baron :

" Et maintenant, à notre poste."

Il avait choisi, pour y passer la nuit, une petite pièce pratiquée dans l'épaisseur des murailles d'enceinte, entre

les deux portes principales, et qui était, jadis, le réduit
du veilleur. Un judas [1] s'ouvrait sur le pont, un autre
sur la cour. Dans un coin on apercevait comme l'orifice
d'un puits.

"Vous m'avez bien dit, monsieur le baron, que ce
puits était l'unique entrée des souterrains, et que, de
mémoire d'homme, elle est bouchée ?

— Oui.

— Donc, à moins qu'il n'existe une autre issue ignorée
de tous, sauf d'Arsène Lupin, ce qui semble un peu pro-
blématique, nous sommes tranquilles."

Il aligna trois chaises, s'étendit confortablement, alluma
sa pipe et soupira :

"Vraiment, monsieur le baron, il faut que j'aie rudement envie d'ajouter un étage à la maisonnette où je dois
finir mes jours, pour accepter une besogne aussi élémen-
taire. Je raconterai l'histoire à l'ami Lupin, il se tiendra
les côtes de rire."

Le baron ne riait pas. L'oreille aux écoutes, il interrogeait le silence avec une inquiétude croissante. De
temps en temps il se penchait sur le puits et plongeait
dans le trou béant un œil anxieux.

Onze heures, minuit, une heure sonnèrent.

Soudain, il saisit le bras de Ganimard qui se réveilla en
sursaut.

"Vous entendez ?

— Oui.

— Qu'est-ce que c'est ?

— C'est moi qui ronfle !

— Mais non, écoutez . . .

— Ah ! parfaitement, c'est la corne d'une automobile.

[1] *Un judas*, petite ouverture à une poste pour voir ce qui se passe de
l'autre côté.

— Eh bien ?

— Eh bien ! il est peu probable que Lupin se serve
d'une automobile comme d'un bélier pour démolir votre
château. Aussi, monsieur le baron, à votre place, je
dormirais . . . comme je vais avoir l'honneur de le faire
à nouveau. Bonsoir.''

Ce fut la seule alerte. Ganimard put reprendre son
somme interrompu, et le baron n'entendit plus que son
ronflement sonore et régulier.

Au petit jour, ils sortirent de leur cellule. Une grande
paix sereine, la paix du matin au bord de l'eau fraîche,
enveloppait le château. Cahorn radieux de joie, Ganimard toujours paisible, ils montèrent l'escalier. Aucun
bruit. Rien de suspect.

'' Que vous avais-je dit, monsieur le baron ? Au fond,
je n'aurais pas dû accepter. . . . Je suis honteux. . . .''

Il prit les clefs et entra dans la galerie.

Sur deux chaises, courbés, les bras ballants, les deux
agents dormaient.

'' Tonnerre de nom d'un chien ! '' grogna l'inspecteur.

Au même instant, le baron poussait un cri :

'' Les tableaux ! . . . la crédence ! . . ''

Il balbutiait, suffoquait, la main tendue vers les places
vides, vers les murs dénudés où pointaient les clous, où
pendaient les cordes inutiles. Le Watteau, disparu !
Les Rubens, enlevés ! les tapisseries, décrochées ! les
vitrines, vidées de leurs bijoux !

'' Et mes candélabres Louis XVI. ! . . . et le chandelier
du régent ! . . . et ma Vierge du douzième ! . . .'' [1]

Il courait d'un endroit à l'autre, effaré, désespéré. Il
rappelait ses prix d'achat, additionnait les pertes subies,

[1] *du douzième*, c'est à dire '' du douzième siècle.''

accumulait des chiffres, tout cela pêle-mêle, en mots indistincts, en phrases inachevées. Il trépignait, il se convulsait, fou de rage et de douleur. On aurait dit un homme ruiné qui n'a plus qu'à se brûler la cervelle.

Si quelque chose eût pu le consoler, c'eût été de voir la stupeur de Ganimard. Contrairement au baron, l'inspecteur ne bougeait pas, lui. Il semblait pétrifié, et d'un œil vague, il examinait les choses. Les fenêtres ? fermées. Les serrures des portes ? intactes. Pas de brèche au plafond. Pas de trou au plancher. L'ordre était parfait. Tout cela avait dû s'effectuer méthodiquement, d'après un plan inexorable et logique.

"Arsène Lupin ... Arsène Lupin," murmura-t-il, effondré.

Soudain, il bondit sur les deux agents, comme si la colère enfin le secouait, et il les bouscula furieusement et les injuria. Ils ne se réveillèrent point !

"Diable, fit-il, est-ce que par hasard ? ..."

Il se pencha sur eux, et, tour à tour, les observa avec attention : ils dormaient, mais d'un sommeil qui n'était pas naturel.

Il dit au baron :

"On les a endormis.

— Mais qui ?

— Eh lui, parbleu ! ... ou sa bande, mais dirigée par lui. C'est un coup de sa façon.

— En ce cas, je suis perdu, rien à faire.

— Rien à faire.

— Mais c'est abominable, c'est monstrueux.

— Déposez une plainte.

— A quoi bon ?

— Dame ! essayez toujours ... la justice a des ressources. ...

— La justice ! mais vous voyez bien par vous-même. . . .
Tenez, en ce moment, où vous pourriez chercher un
indice, découvrir quelque chose, vous ne bougez même
pas.

— Découvrir quelque chose, avec Arsène Lupin ! Mais,
mon cher monsieur, Arsène Lupin ne laisse jamais rien
derrière lui ! Il n'y a pas de hasard avec Arsène Lupin !
J'en suis à me demander si ce n'est pas volontairement
qu'il s'est fait arrêter par moi, en Amérique !

— Alors, je dois renoncer à mes tableaux, à tout ! Mais
ce sont les perles de ma collection qu'il m'a dérobées. Je
donnerais une fortune pour les retrouver. Si on ne peut
rien contre lui, qu'il dise son prix ! "

Ganimard le regarda fixement.

" Ça, c'est une parole sensée. Vous ne la retirez pas ?

— Non, non, non. Mais pourquoi ?

— Une idée que j'ai.

— Quelle idée ?

— Nous en reparlerons si l'enquête n'aboutit pas. . . .
Seulement, pas un mot de moi, si vous voulez que je
réussisse."

Il ajouta entre ses dents :

" Et puis, vrai, je n'ai pas de quoi me vanter."

Les deux agents reprenaient peu à peu connaissance,
avec cet air hébété de ceux qui sortent du sommeil
hypnotique. Ils ouvraient des yeux étonnés, ils cher-
chaient à comprendre. Quand Ganimard les interrogea,
ils ne se souvenaient de rien.

" Cependant, vous avez dû voir quelqu'un ?

— Non.

— Rappelez-vous ?

— Non, non.

— Et vous n'avez pas bu ? "

Ils réfléchirent, et l'un d'eux répondit :

" Si, moi j'ai bu un peu d'eau.

— De l'eau de cette carafe ?

— Oui.

— Moi aussi," déclara le second.

Ganimard la sentit, la goûta. Elle n'avait aucun goût spécial, aucune odeur.

" Allons, fit-il, nous perdons notre temps. Ce n'est pas en cinq minutes que l'on résoud les problèmes posés par Arsène Lupin. Mais morbleu, je jure bien que je le repincerai. Il gagne la seconde manche. A moi la belle ! " [1]

Le jour même, une plainte en vol qualifié était déposée par le baron de Cahorn contre Arsène Lupin, détenu à la Santé !

.   .   .   .   .   .

Cette plainte, le baron la regretta souvent quand il vit le Malaquis livré aux gendarmes, au procureur, au juge d'instruction, aux journalistes, à tous les curieux qui s'insinuent partout où ils ne devraient pas être.

L'affaire passionnait déjà l'opinion. Elle se produisait dans des conditions si particulières, le nom d'Arsène Lupin excitait à tel point les imaginations, que les histoires les plus fantaisistes remplissaient les colonnes des journaux et trouvaient créance auprès du public.

Mais la lettre initiale d'Arsène Lupin que publia l'*Echo de France* (et nul ne sut jamais qui en avait communiqué le texte), cette lettre où le baron Cahorn était effrontément prévenu de ce qui le menaçait, causa une émotion considérable. Aussitôt des explications fabuleuses furent proposées. On rappela l'existence des fameux souterrains.

---

[1] *Il gagne la seconde manche. A moi la belle.* He wins the second game. But the rubber will be mine !

Et le parquet,[1] influencé, poussa ses recherches dans ce sens.

On fouilla le château du haut en bas. On questionna chacune des pierres. On étudia les boiseries et les cheminées, les cadres des glaces et les poutres des plafonds. A la lueur des torches, on examina les caves immenses où les seigneurs du Malaquis entassaient jadis leurs munitions et leurs provisions. On sonda les entrailles du rocher. Ce fut vainement. On ne découvrit pas le moindre vestige de souterrain. Il n'existait point de passage secret.

Soit, répondait-on de tous côtés, mais des meubles et des tableaux ne s'évanouissent pas comme des fantômes. Cela s'en va par des portes et par des fenêtres, et les gens qui s'en emparent, s'introduisent et s'en vont également par des portes et des fenêtres. Quels sont ces gens ? Comment se sont-ils introduits ? Et comment s'en sont-ils allés ?

Le parquet de Rouen, convaincu de son impuissance, sollicita le secours d'agents parisiens. M. Dudouis, le chef de la Sûreté, envoya ses meilleurs limiers de la brigade de fer. Lui-même fit un séjour de quarante-huit heures au Malaquis. Il ne réussit pas davantage.

C'est alors qu'il manda l'inspecteur Ganimard dont il avait eu si souvent l'occasion d'apprécier les services.

Ganimard écouta silencieusement les instructions de son supérieur, puis, hochant la tête, il prononça :

" Je crois que l'on fait fausse route en s'obstinant à fouiller le château. La solution est ailleurs.

— Et où donc ?

— Auprès d'Arsène Lupin.

[1] *le parquet*, l'ensemble des magistrats, la cour.

— Auprès d'Arsène Lupin ! Supposer cela, c'est admettre son intervention.

— Je l'admets. Bien plus, je la considère comme certaine.

— Voyons, Ganimard, c'est absurde. Arsène Lupin est en prison.

— Arsène Lupin est en prison, soit. Il est surveillé, je vous l'accorde. Mais il aurait les fers aux pieds, les cordes aux poignets et un bâillon sur la bouche, que je ne changerais pas d'avis.

— Et pourquoi cette obstination ?

— Parce que, seul, Arsène Lupin est de taille à combiner une machine de cette envergure, et à la combiner de telle façon qu'elle réussisse . . . comme elle a réussi.

— Des mots, Ganimard !

— Qui sont des réalités. Mais voilà, qu'on ne cherche pas de souterrain, de pierres tournant sur un pivot, et autres balivernes de ce calibre. Notre individu n'emploie pas des procédés aussi vieux jeu. Il est d'aujourd'hui, ou plutôt de demain.

— Et vous concluez ?

— Je conclus en vous demandant nettement l'autorisation de passer une heure avec lui.

— Dans sa cellule ?

— Oui. Au retour d'Amérique nous avons entretenu, pendant la traversée, d'excellents rapports, et j'ose dire qu'il a quelque sympathie pour celui qui a su l'arrêter. S'il peut me renseigner sans se compromettre, il n'hésitera pas à m'éviter un voyage inutile.''

Il était un peu plus de midi lorsque Ganimard fut introduit dans la cellule d'Arsène Lupin. Celui-ci, étendu sur son lit, leva la tête et poussa un cri de joie.

" Ah ! ça, c'est une vraie surprise. Ce cher Ganimard, ici !

— Lui-même.

— Je désirais bien des choses dans la retraite que j'ai choisie ... mais aucune plus passionnément que de t'y recevoir.

— Trop aimable.

— Mais non, mais non, je professe pour toi la plus vive estime.

— J'en suis fier.

— Je l'ai toujours prétendu : Ganimard est notre meilleur détective. Il vaut presque — tu vois que je suis franc — il vaut presque Sherlock Holmès. Mais, en vérité, je suis désolé de n'avoir à t'offrir que cet escabeau. Et pas un rafraîchissement ! pas un verre de bière ! Excuse-moi, je suis là de passage."

Ganimard s'assit en souriant, et le prisonnier reprit, heureux de parler :

" Mon Dieu, que je suis content de reposer mes yeux sur la figure d'un honnête homme ! J'en ai assez de toutes ces faces d'espions et de mouchards qui passent dix fois par jour la revue de mes poches et de ma modeste cellule, pour s'assurer que je ne prépare pas une évasion. Fichtre, ce que le gouvernement tient à moi ! . . .

— Il a raison.

— Mais non ! je serais heureux qu'on me laissât vivre dans mon petit coin !

— Avec les rentes des autres.

— N'est-ce pas ? Ce serait si simple ! Mais je bavarde, je dis des bêtises, et tu es peut-être pressé. Allons au fait, Ganimard ! Qu'est-ce qui me vaut l'honneur d'une visite ?

— L'affaire Cahorn, déclara Ganimard, sans détour.

— Halte-là ! une seconde. . . . C'est que j'en ai tant d'affaires ! Que je trouve d'abord dans mon cerveau le dossier de l'affaire Cahorn. . . . Ah ! voilà, j'y suis. Affaire Cahorn, château du Malaquis, Seine-Inférieure. . . . Deux Rubens, un Watteau, et quelques menus objets.

— Menus !

— Oh ! ma foi, tout cela est de médiocre importance. Il y a mieux ! Mais il suffit que l'affaire t'intéresse. . . . Parle donc, Ganimard.

— Dois-je t'expliquer où nous en sommes de l'instruction ? [1]

— Inutile. J'ai lu les journaux de ce matin. Je me permettrai même de te dire que vous n'avancez pas vite.

— C'est précisément la raison pour laquelle je m'adresse à ton obligeance.

— Entièrement à tes ordres.

— Tout d'abord ceci : l'affaire a bien été conduite par toi ?

— Depuis A jusqu'à Z.

— La lettre d'avis ? le télégramme ?

— Sont de ton serviteur, Je dois même en avoir quelque part les récépissés.''

Arsène ouvrit le tiroir d'une petite table en bois blanc qui composait, avec le lit et l'escabeau, tout le mobilier de la cellule, y prit deux chiffons de papier et les tendit à Ganimard.

"Ah ! ça, mais, s'écria celui-ci, je te croyais gardé à vue et fouillé pour un oui ou pour un non. Or, tu lis les journaux, tu collectionnes les reçus de la poste. . . .

— Bah ! ces gens sont si bêtes ! Ils décousent la doublure de ma veste, ils explorent les semelles de mes bottines, ils auscultent les murs de cette pièce, mais pas

---

[1] *l'instruction*, inquiry.

un n'aurait l'idée qu'Arsène Lupin soit assez niais pour choisir une cachette aussi facile. C'est bien là-dessus que j'ai compté."

Ganimard, amusé, s'exclama :

" Quel drôle de garçon ! Tu me déconcertes. Allons, raconte-moi l'aventure.

— Oh ! oh ! comme tu y vas ! T'initier à tous mes secrets . . . te dévoiler mes petits trucs. . . . C'est bien grave.

— Ai-je eu tort de compter sur ta complaisance ?

— Non, Ganimard, et puisque tu insistes. . . ."

Arsène Lupin arpenta deux ou trois fois sa chambre, puis s'arrêtant :

" Que penses-tu de ma lettre au baron ?

— Je pense que tu as voulu te divertir, épater[1] un peu la galerie.

— Ah ! voilà, épater la galerie ! Eh bien ! je t'assure, Ganimard, que je te croyais plus fort. Est-ce que je m'attarde à ces puérilités, moi, Arsène Lupin ! Est-ce que j'aurais écrit cette lettre, si j'avais pu dévaliser le baron sans lui écrire ? Mais comprends donc, toi et les autres, que cette lettre est le point de départ indispensable, le ressort qui a mis toute la machine en branle. Voyons, procédons par ordre, et préparons ensemble, si tu veux, le cambriolage du Malaquis.

— Je t'écoute.

— Donc, supposons un château rigoureusement fermé, barricadé, comme l'était celui du baron Cahorn. Vais-je abandonner la partie et renoncer à des trésors que je convoite, sous prétexte que le château qui les contient est inaccessible ?

— Evidemment non.

[1] *épater*, étonner.

— Vais-je tenter l'assaut comme autrefois, à la tête d'une troupe d'aventuriers ?

— Enfantin !

— Vais-je m'y introduire sournoisement ?

— Impossible.

— Reste un moyen, l'unique à mon avis, c'est de me faire inviter par le propriétaire du dit château.

— Le moyen est original.

— Et combien facile ! Supposons qu'un jour, ledit propriétaire reçoive une lettre, l'avertissant de ce que trame contre lui un nommé Arsène Lupin, cambrioleur réputé. Que fera-t-il ?

— Il enverra la lettre au procureur.

— Qui se moquera de lui, *puisque ledit Lupin est actuellement sous les verrous.* Donc, affolement du bonhomme, lequel est tout prêt à demander secours au premier venu, n'est-il pas vrai ?

— Cela est hors de doute.

— Et s'il lui arrive de lire dans une feuille de chou qu'un policier célèbre est en villégiature dans la localité voisine. . . .

— Il ira s'adresser à ce policier. . . .

— Tu l'as dit. Mais, d'autre part, admettons qu'en prévision de cette démarche inévitable, Arsène Lupin ait prié l'un de ses amis les plus habiles de s'installer à Caudebec, d'entrer en relations avec un rédacteur du *Réveil*, *journal auquel est abonné le baron*, de laisser entendre qu'il est un tel, le policier célèbre, qu'adviendra-t-il ?

— Que le rédacteur annoncera dans le *Réveil* la présence à Caudebec dudit policier.

— Parfait, et de deux choses l'une : ou bien le poisson — je veux dire Cahorn — ne mord pas à l'hameçon, et alors rien ne se passe. Ou bien, et c'est l'hypothèse la plus vraisemblable, il accourt, tout frétillant. Et voilà donc mon Cahorn implorant contre moi l'assistance de l'un de mes amis !

— De plus en plus original.

— Bien entendu, le pseudo-policier refuse d'abord son concours. Là-dessus, dépêche d'Arsène Lupin. Epouvante du baron qui supplie de nouveau mon ami, et lui offre tant pour veiller à son salut. Ledit ami accepte, amène deux gaillards de notre bande, qui, la nuit, pendant que Cahorn est gardé à vue par son protecteur, déménagent par la fenêtre un certain nombre d'objets et les laissent glisser, à l'aide de cordes, dans une bonne petite chaloupe affrétée *ad hoc*. C'est simple comme Lupin.

— Et c'est tout bêtement merveilleux, s'écria Ganimard, et je ne saurais trop louer la hardiesse de la conception et l'ingéniosité des détails. Mais je ne vois guère de policier assez illustre pour que son nom ait pu attirer, suggestionner le baron à ce point.

— Il y en a un, et il n'y en a qu'un.

— Lequel ?

— Celui du plus illustre, de l'ennemi personnel d'Arsène Lupin, bref, de l'inspecteur Ganimard.

— Moi !

— Toi-même, Ganimard. Et voilà ce qu'il y a de plus délicieux : si tu vas là-bas et que le baron se décide à causer, tu finiras par découvrir que ton devoir est de t'arrêter toi-même, comme tu m'as arrêté en Amérique. Hein ! la revanche est comique : je fais arrêter Ganimard par Ganimard ? ''

Arsène Lupin riait de bon cœur. L'inspecteur, assez vexé, se mordait les lèvres. La plaisanterie ne lui semblait pas mériter de tels accès de joie.

L'arrivée d'un gardien lui donna le loisir de se remettre.

L'homme apportait le repas qu'Arsène Lupin, par faveur spéciale, faisait venir du restaurant voisin. Ayant déposé le plateau sur la table, il se retira. Arsène s'installa, rompit son pain, en mangea deux ou trois bouchées et reprit :

"Mais, sois tranquille, mon cher Ganimard, tu n'iras pas là-bas. Je vais te révéler une chose qui te stupéfiera : l'affaire Cahorn est sur le point d'être classée.[1]

— Hein ?

— Sur le point d'être classée, te dis-je.

— Allons donc, je quitte à l'instant le chef de la Sûreté.

— Et après ? Est-ce que M. Dudouis en sait plus long que moi sur ce qui me concerne ? Tu apprendras que Ganimard — excuse-moi — que le pseudo Ganimard est resté en fort bons termes avec le baron. Celui-ci, et c'est la raison principale pour laquelle il n'a rien avoué, l'a chargé de la très délicate mission de négocier avec moi une transaction, et à l'heure présente, moyennant une certaine somme, il est probable que le baron est rentré en possession de ses chers bibelots. En retour de quoi, il retirera sa plainte. Donc, plus de vol. Donc, il faudra bien que le parquet abandonne. . . ."

Ganimard considéra le détenu d'un air stupéfait.

"Et comment sais-tu tout cela ?

— Je viens de recevoir la dépêche que j'attendais.

— Tu viens de recevoir une dépêche ?

— A l'instant, cher ami. Par politesse, je n'ai pas voulu la lire en ta présence. Mais si tu m'y autorises . . .

— Tu te moques de moi, Lupin.

— Veuille, mon cher ami, décapiter doucement cet œuf à la coque. Tu constateras par toi-même que je ne me moque pas de toi."

[1] *classée*, arrangée, finie, "shelved."

D

Machinalement, Ganimard obéit, et cassa l'œuf avec la lame d'un couteau.   Un cri de surprise lui échappa. La coque vide, contenait une feuille de papier bleu. Sur la prière d'Arsène, il la déplia.   C'était un télégramme, ou plutôt une partie de télégramme auquel on avait arraché les indications de la poste.   Il lut :

" Accord conclu.   Cent mille balles [1] livrées.   Tout va bien."

" Cent mille balles ? fit-il.

— Oui, cent mille francs !   C'est peu, mais enfin les temps sont durs. . . . Et j'ai des frais généraux si lourds ! Si tu connaissais mon budget . . . un budget de grande ville ! "

Ganimard se leva.   Sa mauvaise humeur s'était dissipée.   Il réfléchit quelques secondes, embrassa d'un coup d'œil toute l'affaire, pour tâcher d'en découvrir le point faible.   Puis il prononça d'un ton où il laissait franchement percer son admiration de connaisseur :

" Par bonheur, il n'en existe pas des douzaines comme toi, sans quoi il n'y aurait plus qu'à fermer boutique."

Arsène Lupin prit un petit air modeste et répondit :

" Bah ! il fallait bien se distraire, occuper ses loisirs . . . d'autant que le coup ne pouvait réussir que si j'étais en prison.

— Comment ! s'exclama Ganimard, ton procès, ta défense, l'instruction, tout cela ne te suffit donc pas pour te distraire ?

— Non, car j'ai résolu de ne pas assister à mon procès.

— Oh ! oh ! "

Arsène Lupin répéta posément :

" Je n'assisterai pas à mon procès.

— En vérité !

---

[1] *balles*, mot familier pour "francs."

— Ah ça, mon cher, t'imagines-tu que je vais pourrir sur la paille humide ? Tu m'outrages. Arsène Lupin ne reste en prison que le temps qu'il lui plaît, et pas une minute de plus.

— Il eût peut-être été plus prudent de commencer par ne pas y entrer, objecta l'inspecteur d'un ton ironique.

— Ah ! monsieur raille ? monsieur se souvient qu'il a eu l'honneur de procéder à mon arrestation ? Sache, mon respectable ami, que personne, pas plus toi qu'un autre, n'eût pu mettre la main sur moi, si un intérêt beaucoup plus considérable ne m'avait sollicité à ce moment critique.

— Tu m'étonnes.

— Une femme me regardait, Ganimard, et je l'aimais. Comprends-tu tout ce qu'il y a dans ce fait, d'être regardé par une femme que l'on aime ? Le reste m'importait peu, je te jure. Et c'est pourquoi je suis ici.

— Depuis bien longtemps, permets-moi de le remarquer.

— Je voulais oublier d'abord. Ne ris pas : l'aventure avait été charmante, et j'en ai gardé encore le souvenir attendri. . . . Et puis, je suis quelque peu neurasthénique ! La vie est si fiévreuse, de nos jours ! Il faut savoir, à certains moments, faire ce que l'on appelle une cure d'isolement. Cet endroit est souverain pour les régimes de ce genre. On y pratique la cure de la Santé dans toute sa rigueur.

— Arsène Lupin, observa Ganimard, tu te paies ma tête.[1]

— Ganimard, affirma Lupin, nous sommes aujourd'hui vendredi. Mercredi prochain, j'irai fumer mon cigare chez toi, rue Pergolèse, à quatre heures de l'après-midi.

— Arsène Lupin, je t'attends.''

---

[1] *tu te paies ma tête*, tu te moques de moi.

Ils se serrèrent la main comme deux bons amis qui s'estiment à leur juste valeur, et le vieux policier se dirigea vers la porte.

" Ganimard ! "

Celui-ci se retourna.

" Qu'y a-t-il ?

— Ganimard, tu oublies ta montre.

— Ma montre ?

— Oui, elle s'est égarée dans ma poche."

Il la rendit en s'excusant.

" Pardonne-moi . . . une mauvaise habitude. . . . Mais ce n'est pas une raison parce qu'ils m'ont pris la mienne pour que je te prive de la tienne.   D'autant que j'ai là un chronomètre dont je n'ai pas à me plaindre et qui satisfait pleinement à mes besoins."

Il sortit du tiroir une large montre en or, épaisse et confortable, ornée d'une lourde chaîne.

" Et celle-ci, de quelle poche vient-elle ? " demanda Ganimard.

Arsène Lupin examina négligemment les initiales.

" J. B. . . . Que diable cela peut-il bien être ? . . . Ah ! oui, je me souviens, Jules Bouvier, mon juge d'instruction,[1] un homme charmant. . . ."

QUESTIONNAIRE II

1. De quoi le baron Cahorn avait-il peur ?
2. Qu'est-ce que le facteur lui remit ?
3. Pourquoi Lupin ne tenait-il pas à certains objets d'art ?
4. Qui était Ganimard ?   Où se trouvait-il et que faisait-il ?
5. Comment Ganimard rassura-t-il le baron ?

[1] *juge d'instruction*, examining magistrate.

6. Sous quelles conditions Ganimard consentit-il à aider le baron ?
7. Où Ganimard et le baron passèrent-ils la nuit ?
8. Que trouvèrent-ils à leur reveil ?
9. Pourquoi les agents s'étaient-ils endormis ?
10. Pourquoi M. Dudouis fit-il chercher Ganimard ?
11. Qu'est-ce que celui-ci décida de faire ?
12. Quels meubles Lupin avait-il dans sa cellule ?
13. Qu'avait-il caché et où les avait-il cachés ?
14. Comment Lupin avait-il obtenu les meubles du baron ?
15. Quelle transaction le soi-disant Ganimard avait-il négociée avec Lupin ?
16. Pourquoi Lupin était-il resté en prison ?
17. Pourquoi Lupin rappela-t-il Ganimard quand celui-ci quittait sa cellule ?
18. Comment Lupin s'était-il procuré une montre ?

L'ÉVASION D'ARSÈNE LUPIN

Au moment où Arsène Lupin, son repas achevé, tirait de sa poche un beau cigare bagué d'or et l'examinait avec complaisance, la porte de la cellule s'ouvrit. Il n'eut que le temps de le jeter dans le tiroir et de s'éloigner de la table. Le gardien entra, c'était l'heure de la promenade.

" Je t'attendais, mon cher ami," s'écria Lupin, toujours de bonne humeur.

Ils sortirent. Ils avaient à peine disparu à l'angle du couloir, que deux hommes à leur tour pénétrèrent dans la cellule et en commencèrent l'examen minutieux. L'un était l'inspecteur Dieuzy, l'autre l'inspecteur Folenfant.

On voulait en finir. Il n'y avait point de doute : Arsène Lupin conservait des intelligences avec le dehors et communiquait avec ses affiliés. La veille encore. le *Grand Journal* publiait ces lignes adressées à son collaborateur judiciaire.

" Monsieur,

Dans un article paru ces jours-ci, vous vous êtes exprimé sur moi en des termes que rien ne saurait justifier. Quelques jours avant l'ouverture de mon procès, j'irai vous en demander compte.

" Salutations distinguées,

" Arsène Lupin."

L'écriture était bien d'Arsène Lupin. Donc il envoyait des lettres. Donc, il en recevait. Donc il était certain qu'il préparait cette évasion annoncée par lui d'une façon si arrogante.

La situation devenait intolérable.   D'accord avec le juge d'instruction, le chef de la Sûreté, M. Dudouis, se rendit lui-même à la Santé pour exposer au directeur de la prison les mesures qu'il convenait de prendre.   Et, dès son arrivée, il envoya deux hommes dans la cellule du détenu.

Ils levèrent chacune des dalles, démontèrent le lit, firent tout ce qu'il est habituel de faire en pareil cas, et finalement ne découvrirent rien.   Ils allaient renoncer à leurs investigations, lorsque le gardien accourut en toute hâte et leur dit :

" Le tiroir . . . regardez le tiroir de la table.   Quand je suis entré, il m'a semblé qu'il le repoussait.''

Ils regardèrent, et Dieuzy s'écria :

" Pour Dieu, cette fois nous le tenons, le client.''

Folenfant l'arrêta.

" Halte-là, mon petit, le chef fera l'inventaire.

— Pourtant, ce cigare de luxe . . .

— Laisse le Havane et prévenons le chef.''

Deux minutes après, M. Dudouis explorait le tiroir.   Il y trouva d'abord une liasse d'articles de journaux découpés par l'*Argus de la Presse* et qui concernaient Arsène Lupin, puis une blague à tabac, une pipe, du papier dit pelure d'oignon, et enfin deux livres.

Il en regarda le titre.   C'était le *Culte des héros*, de Carlyle, édition anglaise, et un elzévir [1] charmant, à reliure du temps, le *Manuel d'Epictète*, traduction allemande publiée à Leyde [2] en 1634.   Les ayant feuilletés, il constata que toutes les pages étaient balafrées, soulignées, annotées.   Etait-ce là signes conventionnels ou bien de

---

[1] *elzévir*, livre imprimé par Elzévir.   [2] *Leyde*, Leyden.

ces marques qui montrent la ferveur que l'on a pour un livre ?

"Nous verrons cela en détail," dit M. Dudouis.

Il explora la blague à tabac, la pipe. Puis saisissant le fameux cigare bagué d'or.

"Fichtre, il se met bien,[1] notre ami, s'écria-t-il, un Henri Clay !"

D'un geste machinal de fumeur, il le porta près de son oreille et le fit craquer. Et aussitôt une exclamation lui échappa. Le cigare avait molli sous la pression de ses doigts. Il l'examina avec plus d'attention et ne tarda pas à distinguer quelque chose de blanc entre les feuilles de tabac. Et délicatement, à l'aide d'une épingle, il attirait un rouleau de papier très fin, à peine gros comme un cure-dent. C'était un billet. Il le déroula et lut ces mots, d'une menue écriture de femme :

"Le panier a pris la place de l'autre. Huit sur dix sont préparés. En appuyant du pied extérieur, la plaque se soulève de haut en bas. De douze à seize tous les jours, H-P attendra. Mais où ? Réponse immédiate. Soyez tranquille, votre amie veille sur vous."

M. Dudouis réfléchit un instant et dit :

"C'est suffisamment clair... le panier... les huit cases.... De douze à seize, c'est-à-dire de midi à quatre heures. ...

— Mais ce H-P, qui attendra ?

— H-P en l'occurrence, doit signifier automobile, H-P, horse power, n'est-ce pas ainsi qu'en langage sportif, on désigne la force d'un moteur ? Une vingt-quatre H-P, c'est une automobile de vingt-quatre chevaux."

Il se leva et demanda :

---

[1] *il se met bien*, he does himself well.

" Le détenu finissait de déjeuner ?

— Oui.

— Et comme il n'a pas encore lu ce message, ainsi que le prouve l'état du cigare, il est probable qu'il venait de le recevoir.

— Comment ?

— Dans ses aliments, au milieu de son pain ou d'une pomme de terre, que sais-je ?

— Impossible, on ne l'a autorisé à faire venir sa nourriture que pour le prendre au piège, et nous n'avons rien trouvé.

— Nous chercherons ce soir la réponse de Lupin. Pour le moment, retenez-le hors de sa cellule. Je vais porter ceci à monsieur le juge d'instruction. S'il est de mon avis, nous ferons immédiatement photographier la lettre, et dans une heure vous pourrez remettre dans le tiroir, outre ces objets, un cigare identique, contenant le message original lui-même. Il faut que le détenu ne se doute de rien." [1]

Ce n'est pas sans une certaine curiosité que M. Dudouis s'en retourna le soir au greffe de la Santé en compagnie de l'inspecteur Dieuzy. Dans un coin, sur le poêle, trois assiettes s'étalaient.

" Il a mangé ?

— Oui, répondit le directeur.

— Dieuzy, veuillez couper en morceaux très minces ces quelques brins de macaroni et ouvrir cette boulette de pain. . . . Rien ?

— Non, chef."

M. Dudouis examina les assiettes, la fourchette, la cuiller, enfin le couteau, un couteau réglementaire à lame ronde. Il en fit tourner le manche à gauche, puis à droite.

[1] *ne se doute de rien*, n'ait aucun soupçon.

A droite le manche céda et se dévissa. Le couteau était creux et servait d'étui à une feuille de papier.

" Peuh ! fit-il, ce n'est pas bien malin pour un homme comme Arsène. Mais ne perdons pas de temps. Vous, Dieuzy, allez donc faire une enquête dans ce restaurant."

Puis il lut :

" Je m'en remets à vous. H-P suivra de loin, chaque jour. J'irai au-devant. A bientôt, chère et admirable amie."

" Enfin, s'écria M. Dudouis, en se frottant les mains, je crois que l'affaire est en bonne voie. Un petit coup de pouce [1] de notre part, et l'évasion réussit ... assez du moins pour nous permettre de pincer les complices.

— Et si Arsène Lupin vous glisse entre les doigts ? objecta le directeur.

— Nous emploierons le nombre d'hommes nécessaire. Si cependant il y mettait trop d'habileté ... ma foi, tant pis pour lui ! Quant à la bande, puisque le chef refuse de parler, les autres parleront."

Et, de fait, il ne parlait pas beaucoup, Arsène Lupin. Depuis des mois, M. Jules Bouvier, le juge d'instruction, s'y évertuait [2] vainement. Les interrogatoires se réduisaient à des colloques dépourvus d'intérêt entre le juge et l'avocat maître Danval, un des princes du barreau, lequel d'ailleurs en savait sur l'inculpé à peu près autant que le premier venu.

De temps à autre, par politesse, Arsène Lupin laissait tomber :

" Mais oui, Monsieur le juge, nous sommes d'accord : le vol du Crédit Lyonnais, le vol de la rue de Babylone, l'émission des faux billets de banque, l'affaire des polices

---

[1] *Un petit coup de pouce*, a little extra help.
[2] *s'y évertuait*, faisait des efforts.

d'assurance, le cambriolage des châteaux d'Armesnil, de Gouret, d'Imblevain, des Groseliers, du Malaquis, tout cela, c'est de votre serviteur.

— Alors, pourriez-vous m'expliquer. . . .

— Inutile, j'avoue tout en bloc, tout, et même dix fois plus que vous n'en supposez.''

De guerre lasse, le juge avait suspendu ces interroga-toires fastidieux.   Après avoir eu connaissance de deux billets interceptés, il les reprit.   Et, régulièrement, à midi, Arsène Lupin fut amené de la Santé au Dépôt, dans la voiture pénitentiaire, avec un certain nombre de détenus. Ils en repartaient vers trois ou quatre heures.

Or, un après-midi, ce retour s'effectua dans des conditions particulières.   Les autres détenus de la Santé n'ayant pas encore été questionnés, on décida de reconduire d'abord Arsène Lupin.   Il monta donc seul dans la voiture.

Ces voitures pénitentiaires, vulgairement appelées '' panier à salade,'' sont divisées, dans leur longueur, par un couloir central, sur lequel s'ouvrent dix cases : cinq à droite et cinq à gauche.   Chacune de ces cases est disposée de telle façon que l'on doit s'y tenir assis, et que les cinq prisonniers, outre qu'ils ne disposent chacun que d'une place fort étroite, sont séparés les uns des autres par des cloisons parallèles.   Un garde municipal, placé à l'extré-mité, surveille le couloir.

Arsène fut introduit dans la troisème cellule de droite, et la lourde voiture s'ébranla.   Il se rendit compte que l'on quittait le quai de l'Horloge et que l'on passait devant le Palais de Justice.   Alors, vers le milieu du pont Saint-Michel, il appuya du pied droit, ainsi qu'il le faisait chaque fois, sur la plaque de tôle qui fermait sa cellule. Tout de suite, quelque chose se déclancha, la plaque de tôle s'écarta insensiblement. Il put constater qu'il se trouvait juste entre les deux roues.

Il attendit, l'œil aux aguets. La voiture monta au pas le boulevard Saint-Michel. Au carrefour Saint-Germain, elle s'arrêta.

Le cheval d'un camion s'était abattu. La circulation étant interrompue, très vite, ce fut un encombrement de fiacres et d'omnibus.

Arsène Lupin passa la tête. Une autre voiture pénitentiaire stationnait le long de celle qu'il occupait. Il souleva davantage la tête, mit le pied sur un des rayons de la grande roue et sauta à terre.

Un cocher le vit, s'esclaffa de rire, puis voulut appeler. Mais sa voix se perdit dans le fracas des véhicules, qui s'écoulaient de nouveau. D'ailleurs, Arsène Lupin était déjà loin.

Il avait fait quelques pas en courant mais, sur le trottoir de gauche, il se retourna, jeta un regard circulaire, sembla prendre le vent, comme quelqu'un qui ne sait encore trop quelle direction il va suivre. Puis, résolu, il mit les mains dans ses poches, et, de l'air insouciant d'un promeneur qui flâne, il continua de monter le boulevard.

Le temps était doux, un temps heureux et léger d'automne. Les cafés étaient pleins. Il s'assit à la terrasse de l'un d'eux.

Il commanda un bock et un paquet de cigarettes. Il vida son verre à petites gorgées, fuma tranquillement une cigarette, en alluma une seconde. Enfin, s'étant levé, il pria le garçon de faire venir le gérant.

Le gérant vint, et Arsène lui dit, assez haut pour être entendu de tous :

" Je suis désolé, monsieur ; j'ai oublié mon portemonnaie. Peut-être mon nom vous est-il assez connu pour que vous me consentiez un crédit de quelques jours : Arsène Lupin."

Le gérant le regarda, croyant à une plaisanterie. Mais Arsène répéta :

"Lupin, détenu à la Santé, actuellement en état d'évasion. J'ose croire que ce nom vous inspire confiance."

Et il s'éloigna, au milieu des rires, sans que l'autre songeât à réclamer.

Il traversa la rue Soufflot en biais et prit la rue Saint-Jacques. Il la suivit paisiblement, s'arrêtant aux vitrines et fumant des cigarettes. Boulevard de Port-Royal, il s'orienta, se renseigna, et marcha droit vers la rue de la Santé. Les hauts murs moroses de la prison se dressèrent bientôt. Les ayant longés, il arriva près du garde municipal qui montait la faction, et, retirant son chapeau :

" C'est bien ici la prison de la Santé ?

— Oui.

— Je désirerais regagner ma cellule. La voiture m'a laissé en route, et je ne voudrais pas abuser. . . ."

Le garçon grogna . . .

" Dites-donc, l'homme, passez votre chemin, et plus vite que ça !

— Pardon, pardon ! C'est que mon chemin passe par cette porte. Et si vous empêchez Arsène Lupin de la franchir, cela pourrait vous coûter gros, mon ami !

— Arsène Lupin ! Qu'est-ce que vous me chantez là ?

— Je regrette de n'avoir pas ma carte," dit Arsène, affectant de fouiller ses poches.

Le garde le toisa des pieds à la tête, abasourdi. Puis, sans un mot, comme malgré lui, il tira une sonnette. La porte de fer s'entrebâilla.

Quelques minutes après, le directeur accourut jusqu'au

greffe, gesticulant et feignant une colère violente.　Arsène sourit :

" Allons, Monsieur le directeur, ne jouez pas au plus fin avec moi.　Comment ! On a la précaution de me ramener seul dans la voiture, on prépare un bon petit encombrement, et l'on s'imagine que je vais prendre mes jambes à mon cou pour rejoindre mes amis ! Eh bien ! Et les vingt agents de la Sûreté, qui nous escortaient à pied, en fiacre et à bicyclette ? Non, ce qu'ils m'auraient arrangé ! Je n'en serais pas sorti vivant. Dites donc, Monsieur le directeur, c'est peut-être là-dessus que l'on comptait ? "

Il haussa les épaules et ajouta :

" Je vous en prie, Monsieur le directeur, qu'on ne s'occupe pas de moi. Le jour où je voudrai m'échapper, je n'aurai besoin de personne."

Le surlendemain, l'*Echo de France*, qui, décidément, devenait le moniteur officiel des exploits d'Arsène Lupin, — on disait qu'il en était un des principaux commanditaires, — l'*Echo de France* publiait les détails les plus complets sur cette tentative d'évasion. Le texte même des billets échangés entre le détenu et sa mystérieuse amie, les moyens employés pour cette correspondance, la complicité de la police, la promenade du boulevard Saint-Michel, l'incident du café Soufflot, tout était dévoilé. On savait que les recherches de l'inspecteur Dieuzy auprès des garçons de restaurant n'avaient donné aucun résultat. Et l'on apprenait, en outre, cette chose stupéfiante, qui montrait l'infinie variété des ressources dont cet homme disposait : la voiture pénitentiaire, dans laquelle on l'avait transporté, était une voiture entièrement truquée, que sa bande avait substituée à l'une des six voitures habituelles qui composent le service des prisons.

L'évasion prochaine d'Arsène Lupin ne fit plus de doute pour personne. Lui-même, d'ailleurs, l'annonçait en termes catégoriques, comme le prouva sa réponse à M. Bouvier, au lendemain de l'incident. Le juge raillant son échec, il le regarda et lui dit froidement :

"Ecoutez bien ceci, Monsieur, et croyez-m'en sur parole : cette tentative d'évasion faisait partie de mon plan d'évasion.

— Je ne comprends pas, ricana le juge.

— Il est inutile que vous compreniez."

Et comme le juge, au cours de cet interrogatoire, qui parut tout au long dans les colonnes de l'*Echo de France*, comme le juge revenait à son instruction, il s'écria, d'un air de lassitude :

" Mon Dieu, mon Dieu, à quoi bon ! toutes ces questions n'ont aucune importance."

— Comment, aucune importance !

— Mais non, puisque je n'assisterai pas à mon procès.

— Vous n'assisterez pas ...

— Non, c'est une idée fixe, une décision irrévocable. Rien ne me fera transiger."

Une telle assurance, les indiscrétions inexplicables qui se commettaient chaque jour, agaçaient et déconcertaient la justice. Il y avait là des secrets qu'Arsène Lupin était seul à connaître, et dont la divulgation, par conséquent, ne pouvait provenir que de lui. Mais dans quel but les dévoilait-il ? et comment ?

On changea Arsène Lupin de cellule. Un soir, il descendit à l'étage inférieur. De son côté, le juge boucla[1] son instruction et renvoya l'affaire.

Ce fut le silence. Il dura deux mois. Arsène les passa étendu sur son lit, le visage presque toujours tourné contre

[1] *boucla*, cessa.

le mur.　Ce changement de cellule semblait l'avoir abattu.
Il refusa de recevoir son avocat.　A peine échangeait-il
quelques mots avec ses gardiens.

Dans la quinzaine qui précéda son procès, il parut se
ranimer.　Il se plaignit du manque d'air.　On le fit sortir
dans la cour, le matin, de très bonne heure, flanqué de
deux hommes.

La curiosité publique, cependant, ne s'était pas affaiblie.
Chaque jour on avait attendu la nouvelle de son évasion.
On la souhaitait presque, tellement le personnage plaisait
à la foule avec sa verve, sa gaieté, sa diversité, son génie
d'invention et le mystère de sa vie, Arsène Lupin devait
s'évader.　C'était inévitable, fatal.　On s'étonnait même
que cela tardât si longtemps.　Tous les matins, le Préfet
de police demandait à son secrétaire :

" Eh bien ! il n'est pas encore parti ?

— Non, monsieur le Préfet."

Et, la veille du procès, un monsieur se présenta dans les
bureaux du *Grand Journal*, demanda le collaborateur
judiciaire,[1] lui jeta sa carte au visage, et s'éloigna rapidement.　Sur la carte, ces mots étaient inscrits : " Arsène
Lupin tient toujours ses promesses."

C'est dans ces conditions que les débats s'ouvrirent.

L'affluence y fut énorme.　Personne qui ne voulût
voir le fameux Arsène Lupin et ne savourât d'avance la
façon dont il se jouerait du président.　Avocats et magistrats, chroniqueurs et mondains, artistes et femmes du
monde, le Tout-Paris se pressa sur les bancs de l'audience.

Il pleuvait, dehors le jour était sombre, on vit mal Arsène
Lupin lorsque les gardes l'eurent introduit.　Cependant son
attitude lourde, la manière dont il se laissa tomber à sa
place, son immobilité indifférente et passive, ne prévinrent

---

[1] *le collaborateur judiciaire*, the legal correspondent.

pas en sa faveur. Plusieurs fois son avocat — un des secrétaires de Me Danval, celui-ci ayant jugé indigne de lui le rôle auquel il était réduit — plusieurs fois son avocat lui adressa la parole. Il hochait la tête et se taisait.

Le greffier lut l'acte d'accusation, puis le président prononça :

" Accusé, levez-vous. Votre nom, prénom, âge et profession ? "

Ne recevant pas de réponse, il répéta :

" Votre nom ? Je vous demande votre nom ? "

Une voix épaisse et fatiguée articula :

" Baudru, Désiré."

Il y eut des murmures. Mais le président repartit :

" Baudru, Désiré ? Ah ! bien, un nouvel avatar ! [1] Comme c'est à peu près le huitième nom auquel vous prétendez, et qu'il est sans doute aussi imaginaire que les autres, nous nous en tiendrons, si vous le voulez bien, à celui d'Arsène Lupin, sous lequel vous êtes plus avantageusement connu."

Le président consulta ses notes et reprit :

" Car, malgré toutes les recherches, il a été impossible de reconstituer votre identité. Vous présentez ce cas assez original dans notre société moderne, de n'avoir point de passé. Nous ne savons qui vous êtes, d'où vous venez, où s'est écoulée votre enfance, bref, rien. Vous jaillissez tout d'un coup, il y a trois ans, on ne sait au juste de quel milieu, pour vous révéler tout d'un coup Arsène Lupin, c'est-à-dire un composé bizarre d'intelligence et de perversion, d'immoralité et de générosité. Les données que nous avons sur vous avant cette époque sont plutôt des suppositions. Il est probable que le nommé Rostat qui travailla, il y a huit ans, aux côtés du prestidigitateur

---

[1] *avatar*, transformation, métamorphose.

E

Dickson n'était autre qu'Arsène Lupin. Il est probable que l'étudiant russe qui fréquenta, il y a six ans, le laboratoire du docteur Altier, à l'hôpital Saint-Louis, et qui souvent surprit le maître par l'ingéniosité de ses hypothèses sur la bactériologie et la hardiesse de ses expériences dans les maladies de la peau, n'était autre qu'Arsène Lupin. Arsène Lupin, également, le professeur de lutte japonaise qui s'établit à Paris bien avant qu'on n'y parlât de jiu-jitsu. Arsène Lupin, croyons-nous, le coureur cycliste qui gagna le Grand Prix de l'Exposition, toucha ses 10.000 francs et ne reparut plus. Arsène Lupin peut-être aussi celui qui sauva tant de gens par la petite lucarne du Bazar de la Charité [1] . . . et les dévalisa.''

Et, après une pause, le président conclut :

'' Telle est cette époque, qui semble n'avoir été qu'une préparation minutieuse à la lutte que vous avez entreprise contre la société, un apprentissage méthodique où vous portiez au plus haut point votre force, votre énergie et votre adresse. Reconnaissez-vous l'exactitude de ces faits ? ''

Pendant ce discours, l'accusé s'était balancé d'une jambe sur l'autre, le dos rond, les bras inertes. Sous la lumière plus vive, on remarqua son extrême maigreur, ses joues creuses, ses pommettes étrangement saillantes, son visage couleur de terre, marbré de petites plaques rouges, et encadré d'une barbe inégale et rare. La prison l'avait considérablement vieilli et flétri. On ne reconnaissait plus la silhouette élégante et le jeune visage dont les journaux avaient si souvent publié le portrait sympathique.

On eût dit qu'il n'avait pas entendu la question qu'on lui posait. Deux fois elle lui fut répétée. Alors il leva

---

[1] *Bazar de la Charité*, scène d'un terrible incendie à Paris.

les yeux, parut réfléchir, puis, faisant un effort violent, murmura :

" Baudru, Désiré."

Le président se mit à rire.

" Je ne me rends pas un compte exact du système de défense que vous avez adopté, Arsène Lupin. Si c'est de jouer les imbéciles et les irresponsables, libre à vous. Quant à moi, j'irai droit au but sans me soucier de vos fantaisies."

Et il entra dans le détail des vols, escroqueries et faux[1] reprochés à Lupin. Parfois il interrogeait l'accusé. Celui-ci poussait un grognement ou ne répondait pas.

Le défilé des témoins commença. Il y eut plusieurs dépositions insignifiantes, d'autres plus sérieuses, qui toutes avaient caractère commun de se contredire les unes les autres. Une obscurité troublante enveloppait les débats, mais l'inspecteur principal Ganimard fut introduit, et l'intérêt se réveilla.

Dès le début, toutefois, le vieux policier causa une certaine déception. Il avait l'air, non pas intimidé — il en avait vu bien d'autres — mais inquiet, mal à l'aise. Plusieurs fois, il tourna les yeux vers l'accusé avec une gêne visible. Cependant, les deux mains appuyées à la barre, il racontait les incidents auxquels il avait été mêlé, sa poursuite à travers l'Europe, son arrivée en Amérique. Et on l'écoutait avec avidité, comme on écouterait le récit des plus passionnantes aventures. Mais, vers la fin, ayant fait allusion à ses entretiens avec Arsène Lupin, à deux reprises il s'arrêta, distrait, indécis.

Il était clair qu'une autre pensée l'obsédait. Le président lui dit :

---

[1] *faux*, forgeries.

“ Si vous êtes souffrant, il vaudrait mieux interrompre votre témoignage.

“ Non, non, seulement. . . .”

Il se tut, regarda l’accusé longuement, profondément, puis il dit :

“ Je demande l’autorisation d’examiner l’accusé de plus près, il y a là un mystère qu’il faut que j’éclaircisse.”

Il s’approcha, le considéra plus longuement encore, de toute son attention concentrée, puis il retourna à la barre. Et là, d’un ton un peu solennel, il prononça :

“ Monsieur le président, j’affirme que l’homme qui est ici, en face de moi, n’est pas Arsène Lupin.”

Un grand silence accueillit ces paroles. Le président, interloqué, d’abord, s’écria :

“ Ah ! ça, que dites-vous ! vous êtes fou ! ”

L’inspecteur affirma posément :

“ A première vue, on peut se laisser prendre à une ressemblance, qui existe, en effet, je l’avoue, mais il suffit d’une seconde d’attention. Le nez, la bouche, les cheveux, la couleur de la peau . . . enfin, quoi : ce n’est pas Arsène Lupin. Et les yeux donc ! a-t-il jamais eu ces yeux d’alcoolique ?

— Voyons, voyons, expliquez-vous. Que prétendez-vous, témoin ?

— Est-ce que je sais ! Il aura mis en son lieu et place. . . . A moins que ce ne soit un complice.”

Des cris, des rires, des exclamations partaient de tous côtés, dans la salle qu’agitait ce coup de théâtre inattendu. Le président fit mander le juge d’instruction, le directeur de la Santé, les gardiens, et suspendit l’audience.

A la reprise, M. Bouvier et le directeur, mis en présence de l’accusé, déclarèrent qu’il n’y avait entre Arsène Lupin et cet homme qu’une très vague similitude de traits.

" Mais alors, s'écria le président, quel est cet homme ?
D'où vient-il ? comment se trouve-t-il entre les mains de
la justice ? "

On introduisit les deux gardiens de la Santé. Contra-
diction stupéfiante, ils reconnurent le détenu dont ils
avaient la surveillance à tour de rôle !

Le président respira.

Mais l'un des gardiens reprit :

" Oui, oui, je crois bien que c'est lui.

— Comment, vous croyez ?

— Dame, je l'ai à peine vu. On me l'a livré le soir, et,
depuis deux mois, il reste toujours couché contre le mur.

— Mais, avant ces deux mois ?

— Ah ! avant, il n'occupait pas la cellule 24."

Le directeur de la prison précisa ce point :

" Nous avons changé le détenu de cellule après sa
tentative d'évasion.

— Mais vous, monsieur le directeur, vous l'avez vu
depuis deux mois ?

— Je n'ai pas eu l'occasion de le voir . . . il se tenait
tranquille.

— Et cet homme-là n'est pas le détenu qui vous a été
remis ?

— Non.

— Alors, qui est-il ?

— Je ne saurais dire.

— Nous sommes donc en présence d'une substitution qui se serait effectuée il y a deux mois. Comment
l'expliquez vous ?

— C'est impossible.

— Alors ? "

En désespoir de cause, le président se tourna vers
l'accusé, et, d'une voix engageante :

" Voyons, accusé, pourriez-vous m'expliquer comment et depuis quand vous êtes entre les mains de la justice ? "

On eût dit que ce ton bienveillant désarmait la méfiance ou stimulait l'entendement de l'homme. Il essaya de répondre. Enfin, habilement et doucement interrogé, il réussit à rassembler quelques phrases, d'où il ressortait ceci : deux mois auparavant, il avait été amené au dépôt. Il y avait passé une nuit et une matinée. Possesseur d'une somme de soixante-quinze centimes, il avait été relâché. Mais, comme il traversait la cour, deux gardes le prenaient par le bras et le conduisaient jusqu'à la voiture pénitentiaire. Depuis, il vivait dans la cellule 24, pas malheureux...on y mange bien...on n'y dort pas mal.... Aussi n'avait-il pas protesté....

Tout cela paraissait vraisemblable. Au milieu des rires et d'une grande effervescence, le président renvoya l'affaire à une autre session pour supplément d'enquête.

.   .   .   .   .   .

L'enquête, tout de suite, établit le fait suivant : huit semaines auparavant, un nommé Baudru Désiré, avait couché au Dépôt. Libéré le lendemain, il quittait le Dépôt à deux heures de l'après-midi. Or, ce jour-là, à deux heures, interrogé pour la dernière fois, Arsène Lupin sortait de l'instruction et repartait en voiture pénitentiaire.

Les gardiens avaient-ils commis une erreur ? Trompés par la ressemblance, avaient-ils eux-mêmes, dans une minute d'inattention, substitué cet homme à leur prisonnier ? Il eût fallu vraiment qu'ils y missent une complaisance que leurs états de service[1] ne permettaient pas de supposer.

La substitution était-elle combinée d'avance ? Outre

[1] *états de service*, records.

que la disposition des lieux rendait la chose presque irréalisable, il eût été nécessaire en ce cas que Baudru fût un complice et qu'il se fût fait arrêter dans le but précis de prendre la place d'Arsène Lupin. Mais alors, par quel miracle un tel plan, uniquement fondé sur une série de chances invraisemblables, de rencontres fortuites et d'erreurs fabuleuses, avait-il pu réussir ?

On fit passer Désiré Baudru au service anthropométrique [1] : il n'y avait pas de fiche correspondant à son signalement. Du reste on retrouva aisément ses traces. A Courbevoie, à Asnières, à Levallois, il était connu. Il vivait d'aumônes et couchait dans une de ces cahutes de chiffonniers qui s'entassent près de la barrière des Ternes. Depuis un an, cependant, il avait disparu.

Avait-il été embauché par Arsène Lupin ? Rien n'autorisait à le croire. Et quand cela eût été, on n'en eût pas su davantage sur la fuite du prisonnier. Le prodige demeurait le même. Des vingt hypothèses qui tentaient de l'expliquer, aucune n'était satisfaisante. L'évasion seule ne faisait pas de doute, et une évasion incompréhensible, impressionnante, où le public, de même que la justice, sentait l'effort d'une longue préparation, un ensemble d'actes merveilleusement enchevêtrés les uns dans les autres, et dont le dénouement justifiait l'orgueilleuse prédiction d'Arsène Lupin ! " Je n'assisterai pas à mon procès."

Au bout d'un mois de recherches minutieuses, l'énigme se présentait avec le même caractère indéchiffrable. On ne pouvait cependant pas garder indéfiniment ce pauvre diable de Baudru. Son procès eût été ridicule : quelles

---

[1] *au service anthropométrique*, le service chargé deprendre les mesures (les empreintes de doigts, etc.) des prisonniers.

charges avait-on contre lui ? Sa mise en liberté fut
signée par le juge d'instruction. Mais le chef de la
Sûreté résolut d'établir autour de lui une surveillance
active.

L'idée provenait de Ganimard. A son point de vue,
il n'y avait ni complicité, ni hasard. Baudru était un
instrument dont Arsène Lupin avait joué avec son extra-
ordinaire habileté. Baudru libre, par lui on remonterait
jusqu'à Arsène Lupin ou du moins jusqu'à quelqu'un de
sa bande.

On adjoignit à Ganimard les deux inspecteurs Folenfant et Dieuzy, et un matin de janvier, par un temps
brumeux, les portes de la prison s'ouvrirent devant
Baudru Désiré.

Il parut d'abord embarrassé, et marcha comme un
homme qui n'a pas d'idées bien précises sur l'emploi de
son temps. Il suivit la rue de la Santé et la rue Saint-
Jacques. Devant la boutique d'un fripier,[1] il enleva sa
veste et son gilet, vendit son gilet moyennant quelques
sous,[2] et, remettant sa veste, s'en alla.

Il traversa la Seine. Au Châtelet un omnibus le
dépassa. Il voulut y monter. Il n'y avait pas de
place. Le contrôleur lui conseillant de prendre un
numéro,[3] il entra dans la salle d'attente.

A ce moment, Ganimard appela ses deux hommes près
de lui, et, sans quitter de vue le bureau, il leur dit en
hâte :

" Arrêtez une voiture . . . non, deux, c'est plus prudent.
J'irai avec l'un de vous et nous le suivrons."

[1] *un fripier*, marchand de vieux habits.
[2] *moyennant quelques sous*, pour quelques sous.
[3] *prendre un numéro*, to take a numbered ticket.

Les hommes obéirent. Baudru cependant ne paraissait pas. Ganimard s'avança : il n'y avait personne dans la salle.

" Idiot que je suis, murmura-t-il, j'oubliais la seconde issue."

Le bureau communique, en effet, par un couloir intérieur, avec celui de la rue Saint-Martin. Ganimard s'élança. Il arriva juste à temps pour apercevoir Baudru sur l'impériale de Batignolles-Jardin des Plantes qui tournait au coin de la rue de Rivoli. Il courut et rattrapa l'omnibus. Mais il avait perdu ses deux agents. Il était seul à continuer la poursuite.

Dans sa fureur, il fut sur le point de le prendre au collet sans plus de formalité. N'était-ce pas avec préméditation et par une ruse ingénieuse que ce soi-disant imbécile l'avait séparé de ses auxiliaires ?

Il regarda Baudru. Il somnolait sur la banquette et sa tête ballotait de droite et de gauche. La bouche un peu entr'ouverte, son visage avait une incroyable expression de bêtise. Non, ce n'était pas là un adversaire capable de rouler le vieux Ganimard. Le hasard l'avait servi, voilà tout.

Au carrefour des Galeries Lafayette l'homme sauta de l'omnibus dans le tramway de la Muette. On suivit le boulevard Haussmann, l'avenue Victor-Hugo. Baudru ne descendit que devant la station de la Muette. Et d'un pas nonchalant, il s'enfonça dans le bois de Boulogne.

Il passait d'une allée à l'autre, revenait sur ses pas, s'éloignait. Que cherchait-il ? Avait-il un but ?

Après une heure de ce manège, il semblait harassé de fatigue. De fait, avisant un banc, il s'assit. L'endroit, situé non loin d'Auteuil, au bord d'un petit lac caché par les arbres, était absolument désert. Une demi-heure s'écoula.   Impatienté, Ganimard résolut d'entrer en conversation.

Il s'approcha donc et prit place aux côtés de Baudru. Il alluma une cigarette, traça des ronds sur le sable du bout de sa canne, et dit :

" Il ne fait pas chaud."

Un silence.   Et soudain, dans ce silence un éclat de rire retentit, mais un rire joyeux, heureux, le rire d'un enfant pris de fou rire, et, qui ne peut pas s'empêcher de rire. Nettement, réellement, Ganimard, sentit ses cheveux se hérisser sur le cuir soulevé de son crâne.   Ce rire, ce rire infernal qu'il connaissait si bien ! . . .

" Arsène Lupin, Arsène Lupin," balbutia-t-il.

Et subitement, pris de rage, lui serrant la gorge, il tenta de le renverser.   Malgré ses cinquante ans, il était encore d'une vigueur peu commune, tandis que son adversaire semblait en assez mauvaise condition.   Et puis, quel coup de maître s'il parvenait à le ramener !

La lutte fut courte.   Arsène Lupin se défendit à peine, et, aussi promptement qu'il avait attaqué, Ganimard lâcha prise.   Son bras droit pendait inerte, engourdi.

" Si l'on vous apprenait le jiu-jitsu au quai des Orfèvres, déclara Lupin, tu saurais que ce coup s'appelle udi-shighi en japonais."

Et il ajouta froidement :

" Une seconde de plus, je te cassais le bras, et tu n'aurais eu que ce que tu mérites.   Comment, toi, un vieil ami que j'estime, devant qui je dévoile spontanément mon incognito, tu abuses de ma confiance !   C'est mal. . . . Eh bien ! quoi, qu'as-tu ? "

Ganimard se taisait.   Cette évasion dont il se jugeait responsable — n'était-ce pas lui qui, par sa déposition sensationnelle, avait induit la justice en erreur ? — cette évasion lui semblait la honte de sa carrière. Une larme roula vers sa moustache grise.

" Eh ! mon Dieu, Ganimard, ne te fais pas de bile [1] : si tu n'avais pas parlé, je me serais arrangé pour qu'un autre parlât. Voyons, pouvais-je admettre que l'on condamnât Baudru Désiré ?

— Alors, murmura Ganimard, c'était toi qui étais là-bas ? c'est toi qui es ici !

— Moi, toujours moi, uniquement moi.

— Est-ce possible ?

— Oh ! point n'est besoin d'être sorcier. Il suffit, comme l'a dit ce brave président, de se préparer pendant une dizaine d'années pour être prêt à toutes les éventualités.

— Mais ton visage ? Tes yeux ?

— Tu comprends bien que, si j'ai travaillé dix-huit mois à Saint-Louis avec le docteur Altier, ce n'est pas par amour de l'art. J'ai pensé que celui qui aurait un jour l'honneur de s'appeler Arsène Lupin, devait se soustraire aux lois ordinaires de l'apparence et de l'identité. L'apparence ? Mais on la modifie à son gré. Telle injection hypodermique de paraffine vous boursoufle la peau, juste à l'endroit choisi. L'acide pyrogallique vous transforme en mohican. Tel procédé chimique agit sur la pousse de votre barbe et de vos cheveux, tel autre sur le son de votre voix. Joins à cela deux mois de diète dans la cellule n° 24, des exercices mille fois répétés pour ouvrir ma bouche selon ce rictus, pour porter ma tête selon cette inclinaison et mon dos selon cette courbe. Enfin cinq gouttes d'atropine dans les yeux pour les rendre hagards et fuyants, et le tour est joué.

---

[1] *ne te fais pas de bile*, ne te fâche pas.

— Je ne conçois pas que les gardiens. . . .

— La métamorphose a été progressive. Ils n'ont pu remarquer l'évolution quotidienne.

— Mais Baudru Désiré ?

— Baudru existe. C'est un pauvre innocent que j'ai rencontré l'an dernier, et qui vraiment n'est pas sans offrir avec moi une certaine analogie de traits. En prévision d'une arrestation toujours possible, je l'ai mis en sûreté, et je me suis appliqué à discerner dès l'abord les points de dissemblance qui nous séparaient, pour les atténuer en moi autant que cela se pouvait. Mes amis lui ont fait passer une nuit au Dépôt, de manière qu'il en sortît à peu près à la même heure que moi, et que la coïncidence fût facile â constater. Car, note-le, il fallait qu'on retrouvât la trace de son passage, sans quoi la justice se fût demandée qui j'étais. Tandis qu'en lui offrant cet excellent Baudru, il était inévitable, tu entends, inévitable qu'elle sauterait sur lui, et que malgré les difficultés insurmontables d'une substitution, elle préférerait croire à la substitution plutôt que d'avouer son ignorance.

— Oui, oui, en effet, murmura Ganimard.

— Et puis, s'écria Arsène Lupin, j'avais entre les mains un atout formidable, une carte machinée par moi dès le début : l'attente où tout le monde était de mon évasion. Et voilà bien l'erreur grossière où vous êtes tombés, toi et les autres, dans cette partie passionnante que la justice et moi nous avions engagée, et dont l'enjeu était ma liberté : vous avez supposé encore une fois que j'agissais par fanfaronnade, que j'étais grisé par mes succès ainsi qu'un blanc-bec.[1] Moi, Arsène Lupin, une telle faiblesse ! Et, pas plus que dans l'affaire Cahorn, vous ne vous êtes dit : " Du moment qu'Arsène Lupin

---

[1] *un blanc-bec*, a greenhorn, a simpleton.

crie sur les toits qu'il s'évadera, c'est qu'il a des raisons qui l'obligent à le crier." Mais, sapristi, comprends donc que, pour m'évader... sans m'évader, il fallait que l'on crût d'avance à cette évasion, que ce fût un article de foi, une conviction absolue, une vérité éclatante comme le soleil.   Et ce fut cela, de par ma volonté. Arsène Lupin s'évaderait.   Arsène Lupin n'assisterait pas à son procès.   Et quand tu t'es levé pour dire : "cet homme n'est pas Arsène Lupin," il eût été surnaturel que tout le monde ne crût pas immédiatement que je n'étais pas Arsène Lupin.   Qu'une seule personne doutât, qu'une seule émît cette simple restriction : "Et si c'était Arsène Lupin ?" à la minute même j'étais perdu.   Il suffisait de se pencher vers moi, non pas avec l'idée que je n'étais pas Arsène Lupin, comme tu l'as fait, toi et les autres, mais avec l'idée que je pouvais être Arsène Lupin, et malgré toutes mes précautions, on me reconnaissait. Mais j'étais tranquille.   Logiquement, personne ne pouvait avoir cette simple petite idée."

Il saisit tout à coup la main de Ganimard.

"Voyons, Ganimard, avoue que huit jours après notre entrevue dans la prison de la Santé, tu m'as attendu à quatre heures, chez toi comme je t'en avais prié.

— Et ta voiture pénitentiaire ? dit Ganimard évitant de répondre.

— Du bluff ! Ce sont mes amis qui ont rafistolé et substitué cette ancienne voiture hors d'usage et qui voulaient tenter le coup.   Mais je le savais impraticable sans un concours de circonstances exceptionnelles.   Seulement, j'ai trouvé utile de parachever cette tentative d'évasion et de lui donner la plus grande publicité.   Une première évasion audacieusement combinée donnait à la seconde la valeur d'une évasion réalisée d'avance.

— De sorte que le cigare . . .

— Creusé par moi ainsi que le couteau.

— Et les billets ?

— Ecrits par moi.

— Et la mystérieuse correspondante ?

— Elle et moi nous ne faisons qu'un. J'ai toutes les écritures à volonté."

Ganimard réfléchit un instant et objecta :

" Comment se peut-il qu'au service d'anthropométrie, quand on a pris la fiche de Baudru, on ne se soit pas aperçu qu'elle coïncidait avec celle d'Arsène Lupin ?

— La fiche d'Arsène Lupin n'existe pas.

— Allons donc !

— Ou du moins elle est fausse. C'est une question que j'ai beaucoup étudiée. Le système Bertillon [1] comporte d'abord le signal visuel — et tu vois qu'il n'est pas infaillible — et ensuite le signalement par mesures, mesure de la tête, des doigts, des oreilles, etc. Là-contre rien à faire.

— Alors ?

— Alors il a fallu payer. Avant même mon retour d'Amérique, un des employés du service acceptait tant pour inscrire une fausse mesure au début de ma mensuration. C'est suffisant pour que tout le système dévie, et qu'une fiche s'oriente vers une case diamétralement opposée à la case où elle devait aboutir. La fiche Baudru ne devait donc pas coïncider avec la fiche Arsène Lupin."

Il y eut encore un silence, puis Ganimard demanda :

" Et maintenant, que vas-tu faire ?

— Maintenant, s'exclama Lupin, je vais me reposer, suivre un régime de suralimentation et peu à peu re-

---

[1] *Le système Bertillon.* Alphonse Bertillon (1841-1914) a découvert l'anthropométrie.

devenir moi. C'est très bien d'être Baudru ou tel autre, de changer de personnalité comme de chemise et de choisir son apparence, sa voix, son regard, son écriture. Mais il arrive que l'on ne s'y reconnaît plus dans tout cela et que cela est fort triste. Actuellement, j'éprouve ce que devait éprouver l'homme qui a perdu son ombre. Je vais me rechercher . . . et me retrouver."

Il se promena de long en large. Un peu d'obscurité se mêlait à la lueur du jour. Il s'arrêta devant Ganimard.

" Nous n'avons plus rien à nous dire, je crois ?

— Si, répondit l'inspecteur, je voudrais savoir si tu révéleras la vérité sur ton évasion. . . . L'erreur que j'ai commise. . . .

— Oh ! personne ne saura jamais que c'est Arsène Lupin qui a été relâché. J'ai trop d'intérêt à accumuler autour de moi les ténèbres les plus mystérieuses, pour ne pas laisser à cette évasion son caractère presque miraculeux. Aussi, ne crains rien, mon bon ami, et adieu. Je dîne en ville ce soir, et je n'ai que le temps de m'habiller.

— Je te croyais si désireux de repos !

— Hélas ! il y a des obligations mondaines auxquelles on ne peut se soustraire. Le repos commencera demain.

— Et où dînes-tu donc ?

— A l'ambassade d'Angleterre."

QUESTIONNAIRE III

1. Pourquoi M. Dudouis avait-il envoyé deux hommes dans la cellule de Lupin ?
2. Que trouva-t-on dans le tiroir ? dans le cigare ?
3. Que trouva-t-on dans le manche du couteau ?
4. Qu'est-ce que le billet caché dans le cigare disait ?
5. Comment Lupin s'évada-t-il de la voiture pénitentiaire ?

6. Pourquoi lui fut-il permis de s'évader ?
7. Que fit-il après son évasion ?
8. Pourquoi rentra-t-il en prison ?
9. Quel fut le résultat du changement de cellule de Lupin ?
10. Selon le président, quel avait été le passé de Lupin ?
11. Qu'est-ce qui se passa au procès ?
12. Pourquoi Baudru fut-il mis en liberté ?
13. Qui le suivait ?
14. Comment Ganimard fut-il separé de ses deux agents ?
15. Qu'est-ce qui lui causa une grande surprise ?
16. Comment Lupin expliqua-t-il son évasion à Ganimard ?
17. Pourquoi Ganimard ne voulait-il pas que Lupin révélât la vérité sur son évasion ?

LE MYSTÉRIEUX VOYAGEUR

LA veille, j'avais envoyé mon automobile à Rouen par la route. Je devais l'y rejoindre en chemin de fer, et, de là, me rendre chez des amis qui habitent les bords de la Seine.

Or, à Paris, quelques minutes avant le départ, sept messieurs envahirent mon compartiment; cinq d'entre eux fumaient. Si court que soit le trajet en rapide,[1] la perspective de l'effectuer en une telle compagnie me fut désagréable, d'autant que le wagon, d'ancien modèle, n'avait pas de couloir. Je pris donc mon pardessus, mes journaux, mon indicateur, et me réfugiai dans un des compartiments voisins.

Une dame s'y trouvait. A ma vue, elle eut un geste de contrariété qui ne m'échappa point, et elle se pencha vers un monsieur planté sur le marchepied, son mari sans doute, qui l'avait accompagnée à la gare. Le monsieur m'observa, et l'examen se termina probablement à mon avantage, car il parla bas à sa femme, en souriant de l'air dont on rassure un enfant qui a peur. Elle sourit à son tour, et me glissa un œil amical, comme si elle comprenait tout à coup que j'étais un de ces galants hommes avec qui une femme peut rester enfermée deux heures durant, dans une petite boîte de six pieds carrés, sans avoir rien à craindre.

Son mari lui dit :

"Tu ne m'en voudras pas, ma chérie, mais j'ai un rendez-vous urgent, et je ne puis attendre."

---

[1] *rapide*, train express.

Il l'embrassa affectueusement, et s'en alla. Sa femme lui envoya par la fenêtre de petits baisers discrets, et agita son mouchoir.

Mais un coup de sifflet retentit. Le train s'ébranla.

A ce moment précis, et malgré les protestations des employés, la porte s'ouvrit et un homme surgit dans notre compartiment. Ma compagne, qui était debout alors et rangeait ses affaires le long du filet, poussa un cri de terreur et tomba sur la banquette.

Je ne suis pas poltron, loin de là, mais j'avoue que ces irruptions de la dernière heure sont toujours pénibles. Elles semblent équivoques, peu naturelles. Il doit y avoir quelque chose là-dessous, sans quoi. . . .

L'aspect du nouveau venu cependant et son attitude, eussent plutôt atténué la mauvaise impression produite par son acte. De la correction, de l'élégance presque, une cravate de bon goût, des gants propres, un visage énergique. . . . Mais, au fait, où diable avais-je vu ce visage ? Car, le doute n'était point possible, je l'avais vu. Du moins, plus exactement, je retrouvais en moi la sorte de souvenir que laisse la vision d'un portrait plusieurs fois aperçu et dont on n'a jamais contemplé l'original. Et, en même temps, je sentais l'inutilité de tout effort de mémoire, tellement ce souvenir était inconsistant et vague.

Mais, ayant reporté mon attention sur la dame, je fus stupéfait de sa pâleur et du bouleversement de ses traits. Elle regardait son voisin — ils étaient assis du même côté — avec une expression de réel effroi, et je constatai qu'une de ses mains, toute tremblante, se glissait vers un petit sac de voyage posé sur la banquette à vingt centimètres de ses genoux. Elle finit par le saisir et nerveusement l'attira contre elle.

Nos yeux se rencontrèrent, et je lus dans les siens tant de malaise et d'anxiété, que je ne pus m'empêcher de lui dire :

" Vous n'êtes pas souffrante, Madame ?   Dois-je ouvrir cette fenêtre ? "

Sans me répondre, elle me désigna d'un geste craintif l'individu.   Je souris comme avait fait son mari, haussai les épaules et lui expliquai par signes qu'elle n'avait rien à redouter, que j'étais là, et d'ailleurs que ce monsieur semblait bien inoffensif.

A cet instant, il se tourna vers nous l'un après l'autre, nous considéra des pieds à la tête, puis se renfonça dans son coin et ne bougea plus.

Il y eut un silence, mais la dame comme si elle avait ramassé toute son énergie pour accomplir un acte désespéré, me dit d'une voix à peine intelligible :

" Vous savez qu'il est dans notre train ?

— Qui ?

— Mais lui . . . lui . . . je vous assure.

— Qui, lui ?

— Arsène Lupin ! "

Elle n'avait pas quitté des yeux le voyageur et c'était à lui plutôt qu'à moi qu'elle lança les syllabes de ce nom inquiétant.

Il baissa son chapeau sur son nez. Etait-ce pour masquer son trouble ou, simplement, se préparait-il à dormir !

Je fis cette objection :

" Arsène Lupin a été condamné hier, par contumace,[1] à vingt ans de travaux forcés.   Il est donc peu probable qu'il commette aujourd'hui l'imprudence de se montrer en public.   En outre, les journaux n'ont-ils pas signalé

---

[1] *par contumace*, en son absence.

sa présence en Turquie, cet hiver, depuis sa fameuse évasion de la Santé ?

— Il se trouve dans ce train, répéta la dame, avec l'intention de plus en plus marquée d'être entendue de notre compagnon, mon mari est sous-directeur aux services pénitentiaires, et c'est le commissaire de la gare lui-même qui nous a dit qu'on cherchait Arsène Lupin et qu'il a pris un billet de première classe pour Rouen.

— Il était facile de mettre la main sur lui.

— Il a disparu. Le contrôleur, à l'entrée des salles d'attente, ne l'a pas vu, mais on supposait qu'il avait passé par les quais de banlieue, et qu'il était monté dans l'express qui part dix minutes après nous.

— En ce cas, on l'y aurait pincé.

— Et si, au dernier moment, il a sauté de cet express pour venir ici, dans notre train . . . comme c'est probable . . . comme c'est certain ?

— En ce cas, c'est ici qu'il sera pincé. Car les employés et les agents n'auront pas manqué de voir ce passage d'un train dans l'autre, et, lorsque nous arriverons à Rouen on le cueillera bien proprement.

— Lui, jamais ! il trouvera le moyen de s'échapper encore.

— En ce cas, je lui souhaite bon voyage.

— Mais d'ici là, tout ce qu'il peut faire !

— Quoi ?

— Est-ce que je sais ? il faut s'attendre à tout ! ''

Elle était très agitée, et de fait la situation justifiait jusqu'à un certain point cette surexcitation nerveuse.

Presque malgré moi, je lui dis :

'' Il y a en effet des coïncidences curieuses. . . . Mais tranquillisez-vous. En admettant qu'Arsène Lupin soit

dans un de ces wagons, il s'y tiendra bien sage, et, plutôt
que de s'attirer de nouveaux ennuis, il n'aura pas d'autre
idée que d'éviter le péril qui le menace."

Mes paroles ne la rassurèrent point. Cependant elle
se tut, craignant sans doute d'être indiscrète.

Moi, je dépliai mes journaux et lus les comptes-rendus
du procès d'Arsène Lupin. Comme ils ne contenaient
rien que l'on ne connût déjà, ils ne m'intéressèrent que
médiocrement. En outre, j'étais fatigué, j'avais mal
dormi, je sentis mes paupières s'alourdir et ma tête
s'incliner.

" Mais, Monsieur, vous n'allez pas dormir."

La dame m'arrachait mes journaux et me regardait
avec indignation.

" Evidemment non, répondis-je, je n'en ai aucune envie.

— Ce serait de la dernière imprudence,[1] me dit-elle.

— De la dernière," répétai-je.

Et je luttai énergiquement, m'accrochant au paysage,
aux nuées qui rayaient le ciel. Et bientôt tout cela se
brouilla dans l'espace, l'image de la dame agitée et du
monsieur assoupi s'effaça dans mon esprit, et ce fut en
moi le grand, le profond silence du sommeil.

Des rêves inconsistants et légers bientôt l'agrémentèrent,
un être qui jouait le rôle et portait le nom d'Arsène Lupin
y tenait une certaine place. Il évoluait à l'horizon, le dos
chargé d'objets précieux, traversait des murs et démeublait
des châteaux.

Mais la silhouette de cet être, qui n'était d'ailleurs plus
Arsène Lupin, se précisa. Il venait vers moi, devenait
de plus en plus grand, sautait dans le wagon avec une
incroyable agilité, et retombait en plein sur ma poitrine.

Une vive douleur . . . un cri déchirant. Je me réveillai.

---

[1] *la dernière imprudence*, d'une imprudence extrême.

L'homme, le voyageur, un genou sur ma poitrine, me serrait à la gorge.

Je vis cela très vaguement, car mes yeux étaient injectés de sang. Je vis aussi la dame qui se convulsait dans un coin, en proie à une attaque de nerfs. Je n'essayai même pas de résister. D'ailleurs, je n'en aurais pas eu la force : mes tempes bourdonnaient, je suffoquais . . . je râlais. . . . Une minute encore . . . et c'était l'asphyxie.

L'homme dut le sentir. Il relâcha son étreinte. Sans s'écarter de la main droite, il tendit une corde où il avait préparé un nœud coulant, et, d'un geste sec, il me lia les deux poignets. En un instant, je fus garrotté, bâillonné, immobilisé.

Et il accomplit cette besogne de la façon la plus naturelle du monde, avec une aisance où se révélait le savoir d'un maître, d'un professionnel du vol et du crime. Pas un mot, par un mouvement fébrile. Du sang-froid et de l'audace. Et j'étais là, sur la banquette, ficelé comme une momie, moi, Arsène Lupin !

En vérité, il y avait de quoi rire. Et, malgré la gravité des circonstances, je n'étais pas sans apprécier tout ce que la situation comportait d'ironique et de savoureux. Arsène Lupin roulé [1] comme un novice ! dévalisé comme le premier venu — car, bien entendu le bandit m'allégea de ma bourse et de mon portefeuille ! Arsène Lupin, victime à son tour, dupé, vaincu. . . . Quelle aventure !

Restait la dame. Il n'y prêta même pas attention. Il se contenta de ramasser la petite sacoche qui gisait sur le tapis et d'en extraire les bijoux, porte-monnaie, bibelots d'or et d'argent qu'elle contenait. La dame ouvrit un œil, tressaillit d'épouvante, ôta ses bagues et les tendit à l'homme comme si elle avait voulu lui épargner tout

---

[1] *roulé*, dupé, attrapé.

effort inutile. Il prit les bagues et la regarda : elle s'évanouit.

Alors, toujours silencieux et tranquille, sans plus s'occuper de nous, il regagna sa place, alluma une cigarette et se livra à un examen approfondi des trésors qu'il avait conquis, examen qui parut le satisfaire entièrement.

J'étais beaucoup moins satisfait. Je ne parle pas des douze mille francs dont on m'avait dépouillé : c'était un dommage que je n'acceptais que momentanément et je comptais bien que ces douze mille francs rentreraient en ma possession dans le plus bref délai, ainsi que les papiers fort importants que renfermait mon portefeuille : projets, adresses, listes de correspondants, lettres compromettantes. Mais, pour le moment, un souci plus immédiat et plus sérieux me tracassait.

Qu'allait-il se produire ?

Comme bien l'on pense, l'agitation causée par mon passage à travers la gare Saint-Lazare ne m'avait pas échappé. Invité chez des amis que je fréquentais sous le nom de Guillaume Berlat, et pour qui ma ressemblance avec Arsène Lupin était un sujet de plaisanteries affectueuses, je n'avais pu me grimer à ma guise, et ma présence avait été signalée. En outre, on avait vu un homme, Arsène Lupin, sans doute, se précipiter de l'express dans le rapide. Donc, inévitablement, fatalement, le commissaire de police de Rouen, prévenu par télégramme, et assisté d'un nombre respectable d'agents, se trouverait à l'arrivée du train, interrogerait les voyageurs suspects, et procéderait à une revue minutieuse des wagons.

Tout cela, je le prévoyais, et je ne m'en étais pas trop ému, certain que la police de Rouen ne serait pas plus perspicace que celle de Paris, et que je saurais bien passer inaperçu, — ne me suffirait-il pas, à la sortie, de montrer négligemment ma carte de député,[1] grâce à laquelle j'avais déjà inspiré toute confiance au contrôleur de Saint-Lazare ? Mais combien les choses avaient changé ! Je n'étais plus libre. Impossible de tenter un de mes coups habituels. Dans un des wagons, le commissaire découvrirait le sieur [2] Arsène Lupin qu'un hasard propice lui envoyait pieds et poings liés, docile comme un agneau, empaqueté, tout préparé. Il n'aurait qu'à en prendre livraison, comme on reçoit un colis postal qui vous est adressé en gare, bourriche de gibier ou panier de fruits et légumes.

Et pour éviter ce fâcheux dénouement, que pouvais-je, entortillé dans mes bandelettes ?

Et le rapide filait vers Rouen, unique et prochaine station, brûlait [3] Vernon, Saint-Pierre.

Un autre problème m'intriguait, où j'étais moins directement intéressé, mais dont la solution éveillait ma curiosité de professionnel. Quelles étaient les intentions de mon compagnon ?

J'aurais été seul qu'il eût eu le temps, à Rouen, de descendre en toute tranquillité. Mais la dame ? A peine la portière serait-elle ouverte, la dame si sage et si humble en ce moment, crierait, se démènerait, appellerait au secours !

Et de là mon étonnement ! pourquoi ne la réduisait-il pas à la même impuissance que moi, ce qui lui aurait donné le loisir de disparaître avant qu'on se fût aperçu de son double méfait ?

Il fumait toujours, les yeux fixés sur l'espace qu'une pluie hésitante commençait à rayer de grandes lignes

[1] *député*, à peu près la même chose qu'un membre de parlement anglais.
[2] *le sieur*, monsieur.   [3] *brûler*, passer sans s'arrêter.

obliques.   Une fois cependant il se détourna, saisit mon indicateur et le consulta.

La dame, elle, s'efforçait de rester évanouie, pour rassurer son ennemi.   Mais des quintes de toux provoquées par la fumée, démentaient cet évanouissement.

Quant à moi, j'étais fort mal à l'aise, et très courbaturé. Et je songeais . . . je combinais. . . .

Pont-de-l'Arche, Oissel. . . . Le rapide se hâtait, joyeux, ivre de vitesse.

Saint-Etienne. . . . A cet instant, l'homme se leva, et fit deux pas vers nous, ce à quoi la dame s'empressa de répondre par un nouveau cri et par un évanouissement non simulé.

Mais quel était son but, à lui ?   Il baissa la glace de notre côté.   La pluie maintenant tombait avec rage, et son geste marqua l'ennui qu'il éprouvait à n'avoir ni parapluie ni pardessus.   Il jeta les yeux sur le filet : l'encas de la dame s'y trouvait.   Il le prit.   Il prit également mon pardessus et s'en vêtit.

On traversait la Seine.   Il retroussa le bas de son pantalon, puis se penchant, il souleva le loquet extérieur.

Allait-il se jeter sur la voie ?   A cette vitesse c'eût été la mort certaine.   On s'engouffra dans le tunnel percé sous la côte Sainte-Catherine.   L'homme entr'ouvrit la portière et, du pied, tâta la première marche.   Quelle folie !   Les ténèbres, la fumée, le vacarme tout cela donnait à une telle tentative une apparence fantastique.   Mais, tout à coup, le train ralentit, les westinghouse s'opposèrent à l'effort des roues.   En une minute l'allure devint normale, diminua encore.   Sans aucun doute des travaux de consolidation étaient projetés dans cette partie du tunnel, qui nécessitaient le passage ralenti des trains, depuis quelques jours peut-être, et l'homme le savait.

Il n'eut donc qu'à poser l'autre pied sur la marche, à descendre sur la seconde et à s'en aller paisiblement, non sans avoir au préalable rabattu le loquet et refermé la portière.

A peine avait-il disparu que du jour éclaira la fumée plus blanche. On déboucha dans une vallée. Encore un tunnel et nous étions à Rouen.

Aussitôt la dame recouvra ses esprits et son premier soin fut de se lamenter sur la perte de ses bijoux. Je l'implorai des yeux. Elle comprit et me délivra du bâillon qui m'étouffait. Elle voulait aussi dénouer mes liens, je l'en empêchai.

" Non, non, il faut que la police voie les choses en l'état.[1] Je désire qu'elle soit édifiée sur ce gredin.

— Et si je tirais la sonnette d'alarme ?

— Trop tard, il fallait y penser pendant qu'il m'attaquait.

— Mais il m'aurait tuée! Ah! Monsieur, vous l'avais-je dit qu'il voyageait dans ce train! Je l'ai reconnu tout de suite, d'après son portrait. Et le voilà parti avec mes bijoux.

— On le retrouvera, n'ayez pas peur.

— Retrouver Arsène Lupin ! Jamais.

— Cela dépend de vous, Madame. Ecoutez. Dès l'arrivée, soyez à la portière et appelez, faites du bruit. Des agents et des employés viendront. Racontez alors ce que vous avez vu, en quelques mots l'agression dont j'ai été victime et la fuite d'Arsène Lupin, donnez son signalement, un chapeau mou, un parapluie — le vôtre — un pardessus gris à taille.

— Le vôtre, dit-elle.

— Comment le mien ? Mais non, le sien. Moi, je n'en avais pas.

[1] *en l'état*, en l'état actuel, sans que rien ne soit dérangé.

— Il m'avait semblé qu'il n'en avait pas non plus quand il est monté.

— Si, si . . . à moins que ce ne soit un vêtement oublié dans le filet. En tout cas, il l'avait quand il est descendu, et c'est là l'essentiel . . . un pardessus gris, à taille rappelez-vous. . . . Ah ! j'oubliais . . ., dites votre nom, dès l'abord. Les fonctions de votre mari stimuleront le zèle de tous ces gens.''

On arrivait. Elle se penchait déjà à la portière. Je repris d'une voix un peu forte, presque impérieuse, pour que mes paroles se gravassent bien dans son cerveau.

'' Dites aussi mon nom, Guillaume Berlat. Au besoin, dites que vous me connaissez. . . . Cela nous gagnera du temps . . . il faut qu'on expédie l'enquête préliminaire . . . l'important c'est la poursuite d'Arsène Lupin . . . vos bijoux. . . . Il n'y a pas d'erreur, n'est-ce pas ? Guillaume Berlat, un ami de votre mari.

— Entendu. . . . Guillaume Berlat.''

Elle appelait déjà et gesticulait. Le train n'avait pas stoppé qu'un monsieur montait, suivi de plusieurs hommes. L'heure critique sonnait.

Haletante, la dame s'écria :

'' Arsène Lupin . . . il nous a attaqués . . . il a volé mes bijoux. Je suis Mme Renaud . . . mon mari est sous-directeur des services pénitentiaires. Ah ! tenez, voici précisément mon frère, Georges Ardelle, directeur du Crédit Rouennais . . . vous devez savoir. . . .''

Elle embrassa un jeune homme qui venait de nous rejoindre, et que le commissaire salua, et elle reprit, éplorée :

'' Oui, Arsène Lupin . . . tandis que Monsieur dormait, il s'est jeté à sa gorge. . . . M. Berlat, un ami de mon mari.''

Le commissaire demanda :

" Mais, où est-il, Arsène Lupin ?

— Il a sauté du train sous le tunnel, après la Seine.

— Etes-vous sûre que ce soit lui ?

— Si j'en suis sûre ! Je l'ai parfaitement reconnu. D'ailleurs on l'a vu à la gare Saint-Lazare. Il avait un chapeau mou. . . .

— Non pas . . . un chapeau de feutre dur, comme celui-ci, rectifia le commissaire en désignant mon chapeau.

— Un chapeau mou, je l'affirme, répéta Mme Renaud, et un pardessus gris à taille.

— En effet, murmura le commissaire, le télégramme signale ce pardessus gris, à taille et à col de velours noir.

— A col de velours noir," justement, s'écria Mme Renaud triomphante.

Je respirai. Ah ! la brave, l'excellente amie que j'avais là !

Les agents cependant m'avaient débarrassé de mes entraves. Je me mordis violemment les lèvres, du sang coula. Courbé en deux, le mouchoir sur la bouche, comme il convient à un individu qui est resté longtemps dans une position incommode, et qui porte au visage la marque sanglante du bâillon, je dis au commissaire d'une voix affaiblie :

" Monsieur, c'était Arsène Lupin, il n'y a pas de doute. . . . En faisant diligence on le rattrapera. . . . Je crois que je puis vous être d'une certaine utilité. . . ."

Le wagon qui devait servir aux constatations de la justice fut détaché. Le train continua vers le Havre. On nous conduisit vers le bureau du chef de gare, à travers la foule des curieux qui encombrait le quai.

A ce moment, j'eus une hésitation. Sous un prétexte quelconque, je pouvais m'éloigner, retrouver mon automobile et filer. Attendre était dangereux. Qu'un incident se produisît, qu'une dépêche survînt de Paris, et j'étais perdu.

Oui, mais mon voleur ?   Abandonné à mes propres ressources, dans une région qui ne m'était pas très familière, je ne devais pas espérer le rejoindre.

"Bah ! tentons le coup, me dis-je, et restons.   La partie est difficile à gagner, mais si amusante à jouer ! Et l'enjeu en vaut la peine."

Et comme on nous priait de renouveler provisoirement nos dépositions, je m'écriai :

"Monsieur le commissaire, actuellement Arsène Lupin prend de l'avance.   Mon automobile m'attend dans la cour.   Si vous vouliez me faire le plaisir d'y monter, nous essaierions. . . ."

Le commissaire sourit d'un air fin :

"L'idée n'est pas mauvaise . . . si peu mauvaise même qu'elle est en voie d'exécution.

— Ah !

— Oui, monsieur, deux de mes agents sont partis à bicyclette . . . depuis un certain temps déjà.

— Mais où ?

— A la sortie même du tunnel.   Là, ils recueilleront les indices, les témoignages, et suivront la piste d'Arsène Lupin."

Je ne pus m'empêcher de hausser les épaules.

"Vos deux agents ne recueilleront ni indice, ni témoignage.

— Vraiment !

— Arsène Lupin se sera arrangé pour que personne ne le voie sortir du tunnel.   Il aura rejoint la première route et, de là. . . .

— Et de là, Rouen, où nous le pincerons.

— Il n'ira pas à Rouen.

— Alors, il restera dans les environs où nous sommes encore plus sûrs. . . .

— Il ne restera pas dans les environs.

— Oh ! oh ! Et où donc se cachera-t-il ? ''

Je tirai ma montre.

'' A l'heure présente, Arsène Lupin rôde autour de la gare de Darnétal. A dix heures cinquante, c'est-à-dire dans vingt-deux minutes, il prendra le train qui va de Rouen, gare du Nord à Amiens.

— Vous croyez ? Et comment le savez-vous ?

— Oh ! c'est bien simple. Dans le compartiment, Arsène Lupin a consulté mon indicateur. Pour quelle raison ? Y avait-il, non loin de l'endroit où il a disparu, une autre ligne, une gare sur cette ligne, et un train s'arrêtant à cette gare ? A mon tour je viens de consulter l'indicateur. Il m'a renseigné.

— En vérité, monsieur, dit le commissaire, c'est merveilleusement déduit. Quelle compétence ! ''

Entraîné par ma conviction, j'avais commis une maladresse en faisant preuve [1] de tant d'habileté. Il me regardait avec étonnement, et je crus sentir qu'un soupçon l'effleurait. — Oh ! à peine, car les photographies envoyées de tous côtés par la police étaient trop imparfaites, représentaient un Arsène Lupin trop différent de celui qu'il avait devant lui, pour qu'il lui fût possible de me reconnaître. Mais, tout de même, il était troublé, confusément inquiet.

Il y eut un moment de silence. Quelque chose d'équivoque et d'incertain arrêtait nos paroles. Moi-même, un frisson de gêne me secoua. La chance allait-elle tourner contre moi ? Me dominant, je me mis à rire.

'' Mon Dieu, rien ne vous ouvre la compréhension

---

[1] *faisant preuve*, montrant.

comme la perte d'un porte-feuille et le désir de le retrouver. Et il me semble qui si vous vouliez bien me
donner deux de vos agents, eux et moi, nous pourrions
peut-être. . . .

— Oh ! je vous en prie, monsieur le commissaire,
s'écria Mme Renaud, écoutez M. Berlat.''

L'intervention de mon excellente amie fut décisive.
Prononcé par elle, la femme d'un personnage influent, ce
nom de Berlat devenait réellement le mien et me conférait
une identité qu'aucun soupçon ne pouvait atteindre. Le
commissaire se leva :

'' Je serais trop heureux, monsieur Berlat, croyez-le
bien, de vous voir réussir. Autant que vous je tiens à
l'arrestation d'Arsène Lupin.''

Il me conduisit jusqu'à l'automobile. Deux de ses
agents, qu'il me présenta, Honoré Massol et Gaston
Delivet, y prirent place. Je m'installai au volant. Mon
mécanicien donna le tour de manivelle. Quelques
secondes après nous quittions la gare. J'étais sauvé.

Ah ! j'avoue qu'en roulant sur les boulevards qui
ceignent la vieille cité normande, à l'allure puissante de
ma trente-cinq chevaux Moreau-Lepton, je n'étais pas
sans concevoir quelque orgueil. Le moteur ronflait
harmonieusement. A droite et à gauche, les arbres
s'enfuyaient derrière nous. Et libre, hors de danger, je
n'avais plus maintenant qu'à régler mes petites affaires
personnelles, avec le concours des deux honnêtes repré-
sentants de la force publique. Arsène Lupin s'en allait
à la recherche d'Arsène Lupin !

Modestes soutiens de l'ordre social, Delivet Gaston et
Massol Honoré, combien votre assistance me fut pré-
cieuse ! Qu'aurais-je fait sans vous ? Sans vous, combien de fois, aux carrefours, j'eusse choisi la mauvaise

route ! Sans vous, Arsène Lupin se trompait, et l'autre s'échappait !

Mais tout n'était pas fini. Loin de là. Il me restait d'abord à rattraper l'individu et ensuite à m'emparer moi-même des papiers qu'il m'avait dérobés. A aucun prix, il ne fallait que mes deux acolytes ne missent le nez dans ces documents, encore moins qu'ils ne s'en saisissent. Me servir d'eux et agir en dehors d'eux, voilà ce que je voulais et qui n'était point aisé.

A Darnétal, nous arrivâmes trois minutes après le passage du train. Il est vrai que j'eus la consolation d'apprendre qu'un individu en pardessus gris, à taille, à collet de velours noir, était monté dans un compartiment de seconde classe, muni d'un billet pour Amiens. Décidément mes débuts comme policier promettaient.

Delivet me dit :

"Le train est express et ne s'arrête plus qu'à Montérolier-Buchy, dans dix-neuf minutes. Si nous n'y sommes pas avant Arsène Lupin, il peut continuer sur Amiens, bifurquer sur Clères, et de là gagner Dieppe ou Paris.

— Montérolier, quelle distance ?

— Vingt-trois kilomètres.

— Vingt-trois kilomètres en dix-neuf minutes. . . . Nous y serons avant lui."

La passionnante étape ! Jamais ma fidèle Moreau-Lepton ne répondit à mon impatience avec plus d'ardeur et de régularité. Il me semblait que je lui communiquais ma volonté directement, sans l'intermédiaire des leviers et des manettes. Elle partageait mes désirs. Elle approuvait mon obstination. Elle comprenait mon animosité contre ce gredin d'Arsène Lupin. Le fourbe ! le traître ! aurais-je raison de lui ? [1] Se jouerait-il une

[1] *aurais-je raison de lui,* should I get the better of him ?

fois de plus de l'autorité, de cette autorité dont j'étais l'incarnation ?

"A droite, criait Delivet !... A gauche !... Tout droit !..."

Nous glissions au-dessus du sol. Les bornes avaient l'air de petites bêtes peureuses qui s'évanouissaient à notre approche.

Et tout à coup, au détour d'une route, un tourbillon de fumée, l'express du Nord.

Durant un kilomètre, ce fut la lutte, côte à côte, lutte inégale dont l'issue était certaine. A l'arrivée nous le battions de vingt longueurs.

En trois secondes, nous étions sur le quai, devant les deuxièmes classes. Les portières s'ouvrirent. Quelques personnes descendaient. Mon voleur point. Nous inspectâmes les compartiments. Pas d'Arsène Lupin.

"Sapristi, m'écriai-je, il m'aura reconnu [1] dans l'automobile tandis que nous marchions côte à côte, et il aura sauté."

Le chef de train confirma cette supposition. Il avait vu un homme qui dégringolait le long du remblai, à deux cents mètres de la gare.

"Tenez là-bas... celui qui traverse le passage à niveau."

Je m'élançai, suivi de mes deux acolytes, ou plutôt suivi de l'un d'eux, car l'autre, Massol, se trouvait être un coureur exceptionnel, ayant autant de fond [2] que de vitesse. En peu d'instants, l'intervalle qui le séparait du fugitif diminua singulièrement. L'homme l'aperçut, franchit une haie et détala rapidement vers un talus qu'il grimpa. Nous le vîmes encore plus loin : il entrait dans un petit bois.

---

[1] *il m'aura reconnu*, il a dû me reconnaître.   [2] *fond*, stamina.

G

Quand nous atteignîmes ce bois, Massol nous y attendait. Il avait jugé inutile de s'aventurer davantage, dans la crainte de nous perdre.

" Et je vous en félicite, mon cher ami, lui dis-je. Après une pareille course, notre individu doit être à bout de souffle. Nous le tenons."

J'examinai les environs, tout en réfléchissant aux moyens de procéder seul à l'arrestation du fugitif, afin de faire moi-même des reprises que la justice n'aurait sans doute tolérées qu'après beaucoup d'enquêtes désagréables. Puis je revins à mes compagnons.

" Voilà, c'est facile. Vous, Massol, postez-vous à gauche. Vous, Delivet, à droite. De là, vous surveillerez toute la ligne postérieure du bosquet, et il ne peut en sortir, sans être aperçu de vous, que par cette cavée, où je prends position. S'il ne sort pas, moi j'entre, et, forcément, je le rabats sur l'un ou sur l'autre. Vous n'avez donc qu'à attendre. Ah ! j'oubliais : en cas d'alerte, un coup de feu."

Massol et Delivet s'éloignèrent chacun de son côté. Aussitôt qu'ils eurent disparu, je pénétrai dans le bois, avec les plus grandes précautions, de manière à n'être ni vu ni entendu. C'étaient des fourrés épais, aménagés pour la chasse, et coupés de sentes très étroites où il n'était possible de marcher qu'en se courbant comme dans des souterrains de verdure.

L'une d'elles aboutissait à une clairière où l'herbe mouillée présentait des traces de pas. Je les suivis en ayant soin de me glisser à travers les taillis. Elles me conduisirent au pied d'un petit monticule que couronnait une masure en plâtras, à moitié démolie.

" Il doit être là, pensai-je. L'observatoire est bien choisi."

Je rampai jusqu'à proximité de la bâtisse. Un bruit léger m'avertit de sa présence, et, de fait, par une ouverture, je l'aperçus qui me tournait le dos.

En deux bonds je fus sur lui. Il essaya de braquer le revolver qu'il tenait à la main. Je ne lui en laissai pas le temps, et l'entraînai à terre, de telle façon que ses deux bras étaient pris sous lui, tordus, et que je pesais de mon genou sur sa poitrine.

"Ecoute, mon petit, lui dis-je à l'oreille, je suis Arsène Lupin. Tu vas me rendre tout de suite et de bonne grâce, mon portefeuille et la sacoche de la dame... moyennant quoi [1] je te tire des griffes de la police, et je t'enrôle parmi mes amis. Un mot seulement : oui ou non ?

— Oui, murmura-t-il.

— Tant mieux. Ton affaire, ce matin, était joliment combinée. On s'entendra."

Je me relevai. Il fouilla dans sa poche en sortit un large couteau et voulut m'en frapper.

"Imbécile !" m'écriai-je.

D'une main, j'avais paré l'attaque. De l'autre, je lui portai un violent coup sur l'artère carotide,[2] ce qui s'appelle le "hook à la carotide." Il tomba assommé.

Dans mon portefeuille, je retrouvai mes papiers et mes billets de banque. Par curiosité, je pris le sien. Sur une enveloppe qui lui était adressée, je lus son nom : Pierre Onfrey.

Je tressaillis. Pierre Onfrey, l'assassin de la rue Lafontaine, à Auteuil ! Pierre Onfrey, celui qui avait égorgé Mme Delbois et ses deux filles. Je me penchai

---

[1] *moyennant quoi*, à cette condition.
[2] *artère carotide*, artère qui porte le sang du cœur à la tête.

sur lui. Oui, c'était ce visage qui, dans le compartiment, avait éveillé en moi le souvenir de traits déjà
contemplés.

Mais le temps passait. Je mis dans une enveloppe deux
billets de cent francs, une carte et ces mots : "Arsène
Lupin à ses bons collègues Honoré Massol et Gaston
Delivet, en témoignage de reconnaissance." Je posai
cela en évidence au milieu de la pièce. A côté, la sacoche
de Mme Renaud. Pouvais-je ne point la rendre à l'excellente amie qui m'avait secouru. Je confesse cependant
que j'en retirai tout ce qui présentait un intérêt quelconque, n'y laissant qu'un peigne en écaille, et un porte-
monnaie vide. Que diable ! Les affaires sont les affaires.
Et puis, vraiment, son mari exerçait un métier si peu
honorable ! . . .

Restait l'homme. Il commençait à remuer. Que de-
vais-je faire ?

Je lui enlevai ses armes et tirai en l'air un coup de
revolver.

"Les deux autres vont venir, pensai-je, qu'il se dé-
brouille ! Les choses s'accompliront dans le sens de son
destin."

Et je m'éloignai au pas de course [1] par le chemin de la
cavée.

Vingt minutes plus tard, une route de traverse, que
j'avais remarquée lors de notre poursuite, me ramenait
auprès de mon automobile.

A quatre heures, je télégraphiais à mes amis de Rouen
qu'un incident imprévu me contraignait à remettre ma
visite. Entre nous, je crains fort, étant donné ce qu'ils
doivent savoir maintenant, d'être obligé de la remettre
indéfiniment. Cruelle désillusion pour eux !

[1] *pas de course,* "at the double."

A six heures, je rentrais à Paris par l'Isle-Adam, Enghien et la porte Bineau.

Les journaux du soir m'apprirent que l'on avait enfin réussi à s'emparer de Pierre Onfrey.

Le lendemain, — ne dédaignons point les avantages d'une intelligente réclame — l'*Echo de France* publiait un petit article sensationnel :

"Hier, aux environs de Buchy, après de nombreux incidents, Arsène Lupin a opéré l'arrestation de Pierre Onfrey. L'assassin de la rue Lafontaine venait de dévaliser, sur la ligne de Paris au Havre, Mme Renaud, la femme du sous-directeur des services pénitentiaires. Arsène Lupin a restitué à Mme Renaud la sacoche qui contenait ses bijoux, et a récompensé généreusement les deux agents de la Sûreté qui l'avaient aidé au cours de cette dramatique arrestation."

QUESTIONNAIRE IV

1. Pourquoi Arsène Lupin quitta-t-il son compartiment ?
2. Où se réfugia-t-il ?   Quelle était sa destination ?
3. Qu'est-ce qui se passa au moment du départ ?
4. Le nouveau venu comment était-il ?   Qu'est-ce que Lupin pensa en le voyant ?
5. Pourquoi la dame avait-elle peur ?   Pourquoi ne voulait-elle pas que Lupin s'endormît ?
6. Qu'est-ce qui réveilla Lupin ?   Qu'est-ce qui se passa ensuite ?
7. De quoi le bandit allégea-t-il Lupin et la dame ?
8. Comment le bandit quitta-t-il le train ?
9. Quels conseils Lupin donna-t-il à la dame après le départ du bandit ?

10. Sous quel nom le présenta-t-il au commissaire ?
11. Quelle suggestion Lupin fit-il au commissaire ?
12. Quelle maladresse Lupin a-t-il commis ?
13. Comment l'intervention de Mme Renaud le sauva-t-elle ?
14. Comment était la voiture de Lupin ?
15. Où Lupin alla-t-il avec les deux policiers ?
16. Qu'est-ce qui se passa quand Lupin trouva le bandit ?
17. Comment Lupin s'évada-t-il ?
18. Qu'est-ce que l'*Echo de France* publia le lendemain ?

VOCABULARY

A

s'abaisser, to drop, fall
abandonner, to abandon, give up
abasourdi, dumbfounded
abattre, to beat down, fell, discourage
s'abattre, to fall, fall down, drop
une ablette, bleak (small fish)
abonner, to subscribe ; être abonné à, to subscribe to, to take in (a newspaper)
un abord, approach, arrival
d'abord, at first, first of all ; dès l'abord, at the outset
aborder, to accost, go up to, tackle
s'aboucher, to talk, engage in conversation
aboutir, to end, come to
un abri, protection, shelter ; à l'abri de, proof against, sheltered from
abuser, to take advantage
un accès, fit, paroxysm.
accompagner, to accompany
un accord, agreement ; d'accord, by agreement, agreed
accorder, to grant
s'accouder, to lean
accourir, to hasten, run up
accrocher, to fasten, hook
s'accrocher, to cling
accueillir, to greet, receive, welcome
un acolyte, companion
un acte, act, deed, certificate
actuellement, at the present time
additionner, to add up
adjoindre, to attach, associate
admettre, to admit
un adolescent, youth, young man

adoucir, to soften, soothe
s'adoucir, to relent
une adresse, address, skill
s'adresser à, to speak to, appeal to
adroit, skilful
advenir, to occur, happen
un adversaire, adversary, opponent
affaiblir, to weaken
une affaire, affair, business, thing, matter ; faire son affaire à quelqu'un, to do for some one, settle his hash
affecter, to pretend, affect
affectueux, affectionate
un affilié, an associate
affirmer, to affirm, declare
une affluence, crowd
un affolement, excitement, wildness, frenzy
affranchir, to free, liberate
affréter, to hire, charter, freight
agacer, to annoy, irritate
un agent, constable, policeman
agir, to act ; s'agir de, to concern, be about, be a matter of
agiter, to disturb, agitate, wave
un agneau, lamb
agréer, to please
agrémenter, to adorn, enhance
agripper, to hook, grasp
aguets (être aux), to be on the watch
Ah ça ! I say ! Come !
une aide, help
aider, to help
aigu, sharp
une aile, wing
ailleurs, elsewhere
d'ailleurs, besides, moreover
aimable, kind
aimer, to like, love

ainsi, so, thus ; ainsi que, as, like, as well as
une aisance, ease
aisé, easy
aisément, easily
un alcoolique, drunkard
une alerte, alarm
aliéner, to give away (of property), to part with
aligner, to put in line
un aliment, food
une allée, walk, avenue, path
alléger, to lighten, relieve, rid
allègre, brisk, joyous, sprightly
allons ! come now !
allumer, to light
une allure, gait, speed ; les allures, conduct, behaviour [whereas
alors, then ; alors que, when,
s'alourdir, to grow heavy
altier, haughty
amaigrir, to grow thin
une ambassade, embassy
aménager, to preserve
amener, to bring along
un amateur, lover, collector
un ami, friend
une amitié, friendship
un amour, love
un amoureux, lover, sweetheart
un an, year
une analogie, similarity
ancien, old, former
un angle, turning, corner
Angleterre (fem.), England
une angoisse, anguish
un anneau, ring
une année, year
annoncer, to announce, usher in ; s'annoncer, to begin, start
anthropométrique, anthropometrical (relating to measurements of the human body)
apercevoir, to catch sight of ; s'apercevoir, to perceive, see, notice
apparaître, to appear
un appareil, apparatus, camera
un appel, appeal, call
appeler, to call, summon ; s'appeler, to be called
appliquer, to apply

apporter, to bring
apprendre, to learn, teach
s'approcher, to approach, draw near
appuyer, to lean, press
âprement, harshly, greedily
après, after ; d'après, according to
un ⎱ après-midi, afternoon
une ⎰
un arbre, tree
un argent, silver, money
arpenter, to pace
arracher, to tear away, snatch, pluck, uproot, wrest
arranger, to arrange, settle, ill-treat
une arrestation, arrest
arrêter, to stop, arrest
une arrivée, arrival
arriver, to arrive, happen
une artère, artery
assaillir, to assail, attack
un assaut, assault, attack
s'asseoir, to sit down
assez, enough, sufficiently, rather
assidu, regular, constant
une assiduité, attention
une assiette, plate
les assises (fem.), court, sitting, assizes
un assistant, bystander, onlooker
assister, to be present
assommé, senseless, of a heap
assoupi, sleeping, slumbering
s'assurer, to ascertain
un atout, trump
s'attarder, to linger
atteindre, to reach, attain
(en) attendant, meanwhile, in the meantime
attendre, to wait for, await ; s'attendre à, to expect
attendrir, to soften, make tender
un attendrissement, emotion
une attente, expectation
atténuer, to soften, weaken, diminish
attester, to bear witness
attirer, to draw, attract, drag, entice, allure
attrister, to sadden
une audace, boldness, audacity

audacieux, bold
au-dessus, above
une audience, audience, sitting (of
   a court)
un augure, omen, augury, sign
une aumône, charity, alms
auparavant, before, beforehand
auprès de, near to, with
ausculter, to sound, examine
un auspice, omen, sign, augury
aussi, also, so, as
aussitôt, at once, immediately
aussitôt que, as soon as
autant, as much, so much, as
   many, so many
d'autant que, all the more that
une authenticité, genuineness
authentique, genuine
un automne, autumn
une automobile, motor-car
une autorisation, authorisation,
   permission
autour de, around
un auxiliaire, auxiliary, helper
une avance, start
d'avance, beforehand, in advance
s'avancer, to go forward, advance
avant, before
avant-hier, day before yesterday
un avare, miser
un avatar, transformation
une aventurière, adventuress
avec, with
s'aventurer, to venture
avertir, to warn
avidement, eagerly
une avidité, eagerness
un avis, opinion, warning, notice,
   advice
un avocat, lawyer
avouer, to admit, confess

B

la bague, ring ; bagué d'or, with a
   gold band
la baguette, rod, stick, wand
le bahut, chest
le bâillon, gag
bâillonné, gagged
le baiser, kiss
baisser, to lower, pull down

balbutier, to stammer, stutter
ballant, hanging down, limp
la balle, ball
balloter, to swing, sway
le bambin, urchin
le banc, seat, bench
la bandelette, band
la banlieue, suburbs
la banquette, seat
la barbe, beard
bardé, sheathed
la barre, rail
barrer, to bar, obstruct
bas, low
le bas, the end, bottom, base
le bastingage, rail (of a ship)
la bâtisse, building
le battant, folding door
beau, beautiful, fine
bel et bien, downright, safely
le bélier, battering-ram
bénir, to bless
la bergeronnette, wagtail
la besogne, task
le besoin, need
bête, stupid
la bête, beast, animal
bêtement, stupidly
le bibelot, trinket, knick-knack
bien, well
bien des, many
bien entendu, of course, naturally
les biens, goods, property, effects
bientôt, soon
bienveillant, kindly
la bière, beer
le bijou, jewel, gem
le bijoutier, jeweller
le billet, letter, note, ticket
bizarre, strange, odd
la blague, pouch
blanc, white
le blanc-bec, greenhorn
la blessure, wound
(en) bloc, in a lump
blond, fair
la blouse, smock
le bois, wood
la boiserie, woodwork, wainscoting
bon, good, kind ; à quoi bon ? what
   is the use ?

le bond, leap
bondir, to leap, spring
le bonhomme, man, fellow
la bonne, maid, servant
le bord, bank, edge, board (of a ship)
à bord, aboard
la borne, mile-post, kilometre-post
le bosquet, clump
la bottine, boot
la bouche, mouth
la bouchée, mouthful
boucler, to fasten, close, end
bouger, to move, stir, budge
la bougie, candle
la boulette, pellet
le bouleversement, confusion, disorder
bouleverser, to overturn, upset
la bourde, foolish trick
bourdonner, to hum, throb
la bourriche, basket
bourru, surly
la bourse, purse
boursoufler, to swell, puff up
bousculer, to jostle
le bout, end
la boutique, shop
braquer, to aim
le bras, arm ; avant-bras, forearm
brave, good, worthy
braver, to defy
bref, brief, in short, in a word
le brin, bit
briser, to break
se brouiller, to become confused
brûler, to burn, to pass without stopping (of a train) ; se brûler la cervelle, to blow out one's brains
brumeux, misty
brusque, sharp, sudden
le bureau, office
le but, goal, aim, object

C

le cabinet, room, study
cacher, to hide
la cachette, hiding-place

le cadre, frame (*pl.*), bounds
le café, coffee, restaurant
la cahute, hut, hovel
le caillou, pebble
le calibre, calibre, size, stamp
le cambriolage, burglary
le cambrioleur, burglar
le camion, lorry, dray
campé, planted, set
la canne, walking-stick
la canne à pêche, fishing-rod
car, for, because   [istic
le caractère, character, character-
la carafe, water-jug
le carré, square
le carrefour, crossroads
la carrière, career, course
la carte, card
le carton, cardboard, pasteboard, cardboard box
le cas, case
la case, compartment, pigeon-hole
la casquette, cap
casser, to break
catégorique, definite, precise
causer, to chat, talk
causeur, talkative
la cave, cellar
la cavée, hollow way
céder, to yield, give way
ceindre, to girdle
la cellule, cell
cependant, however, meanwhile, yet
le cercle, circle, club
certes, surely, certainly, doubtless
la certitude, certainty
le cerveau, brain
chacun, each one
le chagrin, shagreen (leather) ; sorrow, grief
la chair, flesh
la chaire, pulpit
la chaise, chair
la chaloupe, boat
la chance, luck
chanceler, to stagger, totter
le chandelier, candlestick
chanter, to sing
le chapeau, hat
chaque, each

chargé, stamped
charger, to load, entrust, stamp
la chasse, hunting, shooting
le château, castle, country house, mansion
la châtelaine, chain
chaud, warm, hot
le chef, chief ; chef de train, guard
le chemin, way, road ; chemin de fer, railway, rail, train, track
la cheminée, mantelpiece
la chemise, shirt
cher, dear
chercher, to seek, look for
le cheval, horse
le cheveu, hair
chez, in (at, to, into) the house of
le chien, dog
le chiffon, rag, scrap
le chiffre, figure, cipher
chimérique, fanciful, groundless
chimique, chemical
le choc, the shock
choisi, select, choice
choisir, to choose
la chose, thing
le chroniqueur, story-writer, reporter
chuchoter, to whisper
le ciel, sky, heaven
la circulation, traffic
clair, clear, bright
la clairière, clearing
la clairvoyance, foresight
la clarté, brightness, clearness, clear light
classer, to classify, pigeon-hole, shelve
la clef, key
la cloison, partition
clos, closed (*p.p.* of clore)
le clou, nail
le cocher, driver, cabman
le cœur, heart
la coiffe, lining
se coiffer, to do one's hair, put on one's hat
le coin, corner
le col, collar
la colère, anger
le colis, parcel, packet

le collaborateur, contributor, correspondent
collectionner, to collect
collier, necklace
la colonne, column
coloré, coloured
combien, how much, how many
combiner, to arrange, plot, plan
le commandant, captain ; commandant en second, first officer
commander, to order
comme, like, as
comment, how, what
commettre, to commit, appoint
le commis-voyageur, commercial traveller
le commissaire, superintendent of police, commissioner
commun, usual, common ; peu commun, unusual
la compagne, female companion
le compagnon, male companion
le compartiment, compartment
la complaisance, satisfaction, complacency, good-nature, obligingness
le complice, accomplice
comporter, to allow, imply
le composé, mixture, compound
comprendre, to understand
le compte, account, reckoning
le compte-rendu, account
compter, to count
concevoir, to conceive
conclure, to conclude
concorder, to agree
concourir, to arrive together
le concours, collaboration, help
condamner, to condemn, bar, block up
conduire, to lead, conduct, drive
la confiance, confidence, trust
confiant, confident
confus, confused, vague
le congé, leave, farewell, notice
congédier, to dismiss
la connaissance, acquaintance, knowledge
connaître, to know
conquérir, to conquer
le conseil, counsel, advice, council

consentir, to consent, agree, grant

(par) **conséquent,** consequently, therefore

conserver, to preserve

considérable, important

considérer, to consider, look at

consigner, to note, record

la constatation, inquiry

constater, to verify, prove, note, notice

contenir, to hold, contain, restrain

contraindre, to force, constrain

la contrariété, annoyance

à contre-cœur, unwillingly

contredire, to contradict

le contrôleur, ticket inspector

la **contumace,** contumacy, non-appearance, default

convaincre, to convince

convenablement, suitably

convenir, to befit, suit, agree, be natural, advisable

convier, to invite

convoiter, to covet

convoquer, to summon

la cordelette, string, small cord

la corne, horn

la côte, coast, hill, rib, side

le côté, side, direction

le cou, neck

se **coucher,** to lie down, go to bed

le coucher (du soleil), sunset

coudre, to sew

couler, to flow

le couloir, corridor, passage

le **coup,** blow, stroke, shot, clap, attempt ; **coup de feu,** shot

le coup de théâtre, dramatic stroke

le coup d'œil, glance

le coupable, culprit, guilty person

couper, to cut

la cour, yard, court

(au) courant, in touch

courbaturé, stiff, numbed

se courber, to bend down

la courette, small yard

le **coureur,** runner, porter, sprinter, messenger

courir, to run, be current

couronner, to crown

le cours, course

la course, errand, race

court, short

le couteau, knife

coûter, to cost

la couturière, dressmaker

le couvent, convent

craindre, to fear

la crainte, fear

craintif, timid

la créance, credence, belief, credit

le créancier, creditor

la crédence, credence table

creuser, to hollow, dig

le creux, hollow

le cri, cry

le crochet, hook

croire, to believe, think

la croisée, window-sash

croiser, to cross, fold, meet

cueillir, to pluck, gather

la cuiller, spoon

le cuir, leather

la cuisine, kitchen

le cure-dent, toothpick

curieux, inquisitive, curious

D

daigner, to deign, condescend

la dalle, flag, slab, flagstone

Dame! well!

la dartre, skin eruption

davantage, more

le débarquement, landing

débarrasser, to rid

le **débat,** discussion ; **les débats,** judicial proceedings, trial

déboucher, to come out, debouch

debout, upright, standing

se **débrouiller,** to get out of difficulties, make the best (of)

le début, beginning

la déception, disappointment

déchirant, rending, shrill

déchirer, to tear, rend

déclencher, to release, be released

déclouer, to remove the nails, unnail

décomposé, discomposed, upset

déconcerter, to take aback, disconcert
le décor, scenery, setting
découdre, to unsew, rip open
découper, to cut out
découvrir, to discover, uncover
décrocher, to unhook, take down
dédaigner, to disdain
dédoré, ungilt
déducir, to deduce
défaillant, faint
défendre, to defend, forbid
la défiance, distrust
le défilé, procession
défiler, to file past
se dégager, to free oneself
dégringoler, to slip, tumble down
déguiser, to disguise [apart from
dehors, outside; en dehors de,
déjà, already
demain, to-morrow
demander, to ask, demand
se demander, to wonder
la démarche, step
démasquer, to unmask
le déménagement, removal
déménager, to move, remove
se démener, to struggle, make a fuss
démentir, to belie
démeubler, to rifle, steal the furniture
la demeure, home, abode
démolir, to demolish, destroy
démonter, to take to pieces
démontrer, to demonstrate
dénoncer, to denounce
le dénouement, end, ending, finale, issue, upshot
dénudé, laid bare
dépécer, to dismember, take to pieces
la dépêche, telegram, wire
dépendre, to depend, be connected (with)
déplacer, to displace, move away
déplier, to unfold
déployer, display
déposer, to put down, lay, give evidence, entrust
la déposition, statement, evidence

dépouiller, to rob, plunder, deprive
dépuis, since, for
le dérangement, inconvenience
déranger, to disturb, move from its place
dernier, last
dérober, to rob, steal
dérouler, to unroll, unfold ; se dérouler, to elapse, pass, follow in succession
derrière, behind
dès, from, at, on, immediately on ; dès que, as soon as
le désagrément, annoyance, inconvenience
désespéré, in despair, desperate
le désespoir, despair
désigner, to indicate, call
la désinvolture, easy bearing, ease
désireux, desirous
désolé, heart-broken, extremely sorry
le dessein, plan, design ; à dessein, deliberately, purposely
dessertir, to unset (of gems)
la destinée, fate, destiny
détacher, to detach, uncouple
détenir, to detain, keep in custody
le détenu, prisoner
le détour, turning, roundabout way ; sans détour, straightforwardly
détourner, to turn away
dévaliser, to plunder, rob
devant, in front of ; au devant de, towards, to meet
devenir, to become
dévêtir, to undress
dévier, to deviate, go astray
deviner, to guess
dévisager, to stare
dévisser, to unscrew
dévoiler, to reveal, unveil
devoir, to owe, be obliged, ought
le devoir, duty
le diable, devil ; que diable ! What the deuce !
le diamant, diamond
dîner, to dine
dire, to say, tell
le directeur, governor

diriger, to direct, command, steer
se diriger, to go, walk, make for
le discours, speech
disparaître, to disappear
disposer, to arrange ; disposer de, to control, have control over
la disposition, arrangement
la dissemblance, dissimilarity
dissimuler, to hide, conceal
dissiper, to dispel, drive away
distinguer, to notice
(se) distraire, to amuse oneself
distrait, absent-minded, vacant
le divertissement, amusement
la divulgation, disclosure, revelation
une dizaine, ten, half a score
le doigt, finger
le domestique, servant
le dommage, damage, pity, loss
les données (*fem. pl.*), data
dormir, to sleep
dos, back
le dossier, papers, documents
le douanier, customs' officer
la doublure, lining
doucement, gently, quietly
la douleur, pain, grief
le doute, doubt
se douter de, to suspect
douteux, doubtful, dubious
doux (*fem.* douce), sweet, gentle, mild
la douzaine, dozen
droit, right, direct, straight ; tout droit, straight on
le droit, right
drôle, funny, odd
dur, hard, difficult
durant, during, for
durer, to continue, last

E

une eau, water
éblouir, to dazzle
ébranler, to move off, shake
une écaille, tortoiseshell
écarté, out of the way, lonely
s'écarter, to separate, open, withdraw, give way

échanger, to exchange
s'échapper, to escape
une écharpe, scarf
un échec, check, blow, failure
une échelle, ladder, scale
éclaircir, to clear, brighten, clear up
éclairer, to lighten
éclater, to burst out, resound
un écoulement, sale, disposal
s'écouler, to move off, pass
une écoute, listening post ; aux écoutes, on the alert
écouter, to listen to
s'écrier, to exclaim
un écrin, case
écrire, to write
une écriture, writing
une écurie, stable
édifier, to instruct, enlighten
effacer, to rub out, blot out, remove
effaré, bewildered, scared
effaroucher, to scare
effectuer, to effect, make, carry out
un effet, effect, appearance
effleurer, to graze, touch lightly, occur vaguely
effondré, in a state of collapse
s'efforcer, to try, struggle
un effroi, terror
égal, equal, all the same
également, equally
s'égarer, to get lost, to stray
égorger, to cut the throat
s'élancer, to spring forward
élever, to bring up, educate
s'éloigner, to go away, depart, go
emballer, to pack
s'embarquer, to embark
embrasser, to kiss, embrace, grasp
embaucher, to enroll
émettre, to emit, utter, express
une émission, emission, issue
empaqueté, tied up like a parcel
s'emparer, to seize, get possession of, lay hands on
empêcher, to prevent
un emploi, use, employment
un employé, servant, workman
les employés, employees, staff

emporter, to carry away, remove ; l'emporter sur, to outweigh

un empressement, eagerness, eager attention

s'empresser, to hasten

ému, moved, affected

encadrer, to frame

un en-cas, umbrella

enchevêtrer, to entangle, be connected

un encombrement, traffic block

encombrer, to crowd, throng, fill

encore, yet, still

endormir, to put to sleep

un endroit, place, spot

une enfance, childhood

enfantin, childish

enfermer, to shut in, lock up

enfin, finally, in short, after all

s'enfoncer, to plunge, sink

engageant, friendly

s'engouffrer, to be swallowed up

engourdir, to numb

énigmatique, mysterious

une énigme, riddle

un enjeu, stake

enlever, to remove, take away

un ennui, annoyance, trouble

s'énoncer, to be stated

s'enorgueillir, to pride oneself

une enquête, inquiry

une enseigne, emblem, sign, standard, token

un ensemble, combination

ensemble, together

entasser, to heap up, crowd

un entendement, understanding

entendre, to hear, understand

s'entendre, to come to an understanding

entendu, of course, certainly

un en-tête, heading

entier, whole, entire

entièrement, entirely, completely

entortillé, twisted up

un entourage, surroundings

entourer, to surround

les entrailles (fem.), inside, interior, bowels

une entrave, bond

entre, between, through, among

entre-bâiller, to half-open

un entrefilet, short article

un entre-pont, 'tween decks

un entretien, conversation

envahir, to invade

envelopper, to envelop, surround, enfold

envers, towards

une envie, wish, longing ; avoir envie, to long, wish for

les environs, neighbourhood

envisager, to consider, contemplate

envoyer, to send

épais, thick, dense

une épaisseur, thickness, denseness

une épaule, shoulder

éperdu, frantic

un épiderme, skin

épiloguer, to cavil at, find fault with

une épingle, pin

éploré, in tears, distressed

une époque, period

épouser, to marry

une épouvante, terror, dismay

une épreuve, test, trial, ordeal

éprouver, to test, feel, experience

épuiser, to exhaust

équivoque, doubtful, suspicious

errer, to wander

un escabeau, stool

un escalier, staircase

s'esclaffer, to burst out

une escroquerie, swindle

un espace, space

espagnol, Spanish

espérer, to hope

espionner, to spy on

un espoir, hope

un esprit, mind, wit, spirit

essayer, to try

essuyer, to wipe

établir, to establish, prove

un étage, stage, storey, floor

étaler, to spread out, display

une étape, stage, journey, run

un état, state, condition

étendre, to stretch out

étinceler, to sparkle, flash

une étoile, star

un étonnement, astonishment

étouffer, to stifle, choke
étourdissant, astounding
étrange, odd, strange
étranger, foreign, irrelevant
un être, being
une étreinte, grip, hold, embrace
étroit, narrow
un étudiant, student
étudier, to study
un étui, case, sheath
s'évader, to escape
s'évanouir, to faint, disappear
une évasion, escape
un événement, event
éveiller, to arouse, rouse, awaken
s'évertuer, to strive hard, exert
   oneself
évidemment, evidently, obviously
éviter, to avoid
évoluer, to move about
évoquer, to call up, recall
un examen, examination
un excès, excess
exhiber, to show, exhibit
exigeant, exacting
une exigence, demand
expédier, to send
un expéditeur, sender
une expérience, experiment
expliquer, to explain
exposer, to state, explain
exprimer, to express
exquis, exquisite, delightful

F

la face, face ; en face de, in front
   of
se fâcher, to get angry
fâcheux, unpleasant
facile, easy
la façon, way, manner
le facteur, porter, postman
la faction, guard   [tion
la facture, workmanship, composi-
faible, weak
la faïence, china, earthenware,
   porcelain
le fait, fact ; de fait, as a matter of
   fact ; en fait de, in the matter of

la falaise, cliff
falloir, to be necessary, must
la fanfaronnade, boasting, bravado
la fantaisie, whim, fancy
fantaisiste, whimsical, odd
le fardeau, burden, load
fastidieux, tedious, irksome
la fatigue, exertion
la faute, fault, mistake
faux, false, faked, forged
le faux, forgery
le faux-col, collar
fébrile, feverish, hurried
feindre, to pretend, feign, simulate
féliciter, to congratulate
la femme, woman, wife
la fente, chink, crack
féodal, feudal
le fer, iron, fetter
fermer, to close, shut
la fermeture, shutting, lock
le fervent, devotee, worshipper
la feuille, leaf
le feutre, felt
février, February
le fiacre, cab
ficeler, to tie up
la fiche, slip
fichtre, by Jove !
fidèle, faithful
fier, proud
se fier, to trust
fièrement, proudly
fiévreusement, feverishly
fiévreux, feverish, restless
la figure, face
le fil de fer, wire
filer, to be off, race, run, rush
le filet, net, sack
le fils, son   [shrewd
fin, knowing, delicate, dainty,
la fin, end
finir, to finish, end
fixe, settled, fixed, definite
fixement, fixedly
flâner, to saunter, lounge
le flanc, side
flanqué, flanked
flétrir, to wither, tarnish, blight,
   brand
la fleur, flower

flotter, to float
la foi, faith
ma foi! really! on my word!
la fois, time; deux fois, twice;
à la fois, at once
la folie, madness
le fond, bottom, end; au fond,
indeed, essentially; au fond de,
in the heart of
la force, power, strength
forcément, necessarily
la formule, formula, inscription,
series of words
fort (*adv.*), very, greatly
fou, mad, wild
fouiller, to search, rummage
la foule, crowd
le fourbe, crook, knave
la fourchette, fork
le fourneau, stove
le fourré, thicket
fourrer dedans, to put in prison
le fracas, noise
fracturer, to break open
frais, fresh, cool
les frais (*masc.*), expenses
franc, frank, open
franchement, frankly
franchir, to jump over, cross,
cover, pass through
frapper, to strike
fréquenter, to frequent, visit
often
frétiller, to wriggle, squirm
le fripier, old clothes dealer
le frisson, shudder, shiver
froidement, coldly
frotter, to rub
la fuite, flight, disappearance
fumer, to smoke
le fumeur, smoker, smoking-car-
riage
le fumoir, smoking-room, lounge
fureter, to pry about, rummage

G

le gaillard, fellow
le gamin, little boy, urchin
le gant, glove

le garçon, boy, waiter
garder, to keep, guard, maintain;
garder à vue, to keep under
observation
le gardien, warder
la gare, station
garrotté, bound
le gars, lad, fellow
gauche, left
gémir, to groan
le gémissement, groan
la gêne, embarrassment, poverty,
awkwardness
gêner, to embarrass
génial, ingenious
le génie, genius
le genou, knee
le genre, kind, class
les gens, people, folk
le gérant, manager
gésir, to lie (*pres. part.*, gisant)
le geste, gesture, movement,
motion
le gibier, game
le gilet, waistcoat
gisait, *impf.* of gésir
la glace, window, ice, mirror
glisser, to glide, slip
la gorge, throat
la gorgée, mouthful, swallow
le goujon, gudgeon
le goût, taste
goûter, to taste, appreciate
grâce à, thanks to
grand, big, great
graver, to engrave
le gré, will
le gredin, rascal, rogue
le greffe, record office
le greffier, clerk of the court
se grimer, to make up, paint one's
face
grimper, to climb
gris, grey
griser, to intoxicate
le grognement, grunt, growl
grogner, to mutter, growl
gros, big, fat, stout, thick
grossier, rude, coarse
grouiller, to swarm, seethe
le guéridon, occasional table

H

la guerre, war; de guerre lasse, worn out
guetter, to watch
la guise, wish, satisfaction

H

habile, clever
une habileté, skill, cleverness
habiller, to dress
habiter, to live, inhabit
une habitude, habit, custom
un habitué, regular customer, frequenter
la haie, hedge
haleter, to pant, gasp
halte-là! stop!
un hameçon, fish-hook
la hardiesse, boldness, daring
le hasard, chance, luck
la hâte, haste
hausser, to shrug
le haut, top
haut, high, loud, loudly; de haut en bas, from top to bottom
hein? eh?
se hérisser, to bristle, stand on end
un héritage, inheritance
un héritier, heir
une heure, hour, time
heureux, happy, pleased
une histoire, story
un hiver, winter
hocher, to shake
honnête, honest
la honte, shame, disgrace
honteux, ashamed
hors, except; hors de, out of, beyond
un hôtel, hotel, town house, mansion
humer, to inhale, sniff
une humeur, behaviour, character, humour, temper, manner
hypothéquer, to mortgage
une hypothèse, assumption, hypothesis

I

ici, here
une idée, idea
ignorer, to be unaware of
une île, island
illimité, unlimited
illustre, illustrious, eminent
illustrer, to adorn
immobile, motionless
immobilisé, put out of action
une impériale, top, outside (of a bus or tram)
impérieux, imperious, commanding
importer, to matter
n'importe, no matter, never mind
impressionnant, impressive
impressionner, to impress
imprévu, unexpected, unforeseen
à l'improviste, unexpectedly
une impuissance, impotence
inachevé, unfinished
inaperçu, unperceived
inattendu, unexpected
incarcérer, to imprison
une incarnation, embodiment, incarnation
une inclinaison, slope, bend, inclination
incommode, uncomfortable
inconnu, unknown
incroyable, incredible
indéchiffrable, undecipherable, insoluble
indécis, undecided, hesitating
indéfinissable, indefinable
une indemnité, payment, reward
un indicateur, railway guide
un indice, clue
indigne, unworthy
indiquer, to show, indicate
un individu, individual, person
inédit, unpublished
inégal, unequal, uneven, straggling
inerte, lifeless
infaillible, infallible
inférieur, lower, inferior
infime, insignificant, minute, tiny
infini, infinite
infiniment, infinitely, enormously
infructueux, fruitless

VOCABULARY

une ingéniosité, ingeniousness
injurier, to insult
inquiet, anxious, uneasy, worried
inquiétant, alarming
inquiéter, to disturb, worry, cause anxiety
une inquiétude, anxiety
insaisissable, elusive
inscrire, to write down
s'insinuer, to worm's one way
une insouciance, heedlessness, coolness
installé, installed, seated
s'installer, to take one's seat
un instant, moment
une instruction, inquiry, investigation
instruire, to draw up, inquire into
insu ; à l'insu de, unknown to
une intelligence, intelligence ; conserver des intelligences, to keep up a correspondence.
un intérêt, interest
interloqué, perplexed
interpeller, to question, address
un interrogatoire, inquiry, examination
interroger, to question
interrompre, to interrupt
une intimité, intimacy
introduire, to show in, bring in, put in, introduce
s'introduire, to get in
inutile, useless
un inventaire, inventory
un invité, guest
involontaire, involuntary, unconscious
irréalisable, impossible, out of the question
irrévocable, irrevocable
isolé, isolated
un isolement, isolation
une issue, exit, way out
ivre, drunk

J

jadis, formerly
jaillir, to burst out, appear suddenly

jalousement, jealously
jamais, ever ; ne ... jamais, never
la jambe, leg
janvier, January
japonais, Japanese
jeter, to throw
le jeu, game
jeune, young
le joaillier, jeweller
la joie, joy
joindre, to join, add
jouer, to play ; se jouer de, to make a sport of, defy, trifle with
le joueur, gambler
le jour, day, light ; le petit jour, early morning, daylight
le journal, newspaper
le joyau, jewel
jurer, to swear
au juste, for certain, exactly
justement, precisely, just then

L

là-bas, down there, over there
là-dessus, yonder, thereupon
le lac, lake
lâcher, to loose, relax, release ; lâcher prise, to let go
laisser, to leave, let
la lame, blade
lancer, to throw, cast, hurl, start
le langage, language
le larcin, theft, larceny
la larme, tear
las, weary
la lassitude, weariness
le lecteur, reader
ledit, the said, aforesaid
léger, light, slight, buoyant, airy
le légume, vegetable
le lendemain, next day, the following day
lever, to lift ; se lever, to get up
le levier, lever
la lèvre, lip
la liasse, file, bundle
libre, free ; libre à vous, you are free to do so

le lien, link, bond
lier, to tie up, bind ; lier connaissance, to become acquainted
le lieu, place ; les lieux, premises
la ligne, line, fishing line
le limier, sleuth
le linge, linen
lire, to read
le lit, bed
la livraison, delivery
livrer, to deliver, give up, hand
over ; se livrer, to devote oneself
la loi, law
loin, far
lointain, far away, distant
le loisir, leisure
long, long ; le long de, along ; de
long en large, up and down
longer, to skirt, walk along
longtemps, long, for a long time
longuement, a long time
la longueur, length
le loquet, latch
lors de, on the occasion of
lorsque, when
louer, to hire
lourd, heavy
la lucarne, skylight, attic window
la lueur, light, glow, glimmer
la lumière, light
la lune, moon
lutter, to struggle

M

la Macédoine, Macedonia
machinal, mechanical   [mumble
mâchonner, to chew, mutter,
madré, cunning, artful
la maigreur, thinness
la maille, mesh, knot, link
la main, hand
maintenant, now
mais, but
la maison, house
le mal, evil, sickness
mal, badly
malade, ill, sickness
la maladie, illness, disease, pain

la maladresse, clumsiness, slip
la malaise, uneasiness
malgré, in spite of, despite
le malheur, misfortune ; par malheur, unfortunately
malheureux, unhappy, unfortu-
nate, wretched
malin, shrewd, cunning, knowing
le manche, handle
la manchette, cuff
mander, to send for
le manège, conduct
la manette, control lever
la manière, way, manner ; de
manière que, so that
la manivelle, starting-handle
le manque, lack
manquer, to be lacking, to miss,
fail
le manuscrit, manuscript
le maquillage, make-up   [marble
marbrer, to marble, streak like
la marche, step
le marchepied, step
marcher, to walk
le mari, husband
marquer, to mark, show
le mastic, putty
la masure, ruin, hut, hovel
le matin, morning
la matinée, morning
maugréer, to mutter curses
mauvais, bad, wrong
le médecin, doctor
médiocre, middling
le méfait, misdeed, crime
la méfiance, mistrust, suspicion
meilleur, better
se mêler, to mix, mingle, muddle,
interfere
même, same, very, even
de même que, like, as well as
la menace, threat
menacer, to threaten
la mensuration, measurement
menu, small, trifling
le mépris, contempt, scorn
mériter, to deserve
la merveille, marvel, wonder
la mésaventure, mishap
la mesure, measure

la métamorphose, change
le métier, trade, profession
mettre, to put ; se mettre, to put oneself, to treat oneself ; se mettre à, to begin to
le meuble, piece of furniture
meubler, to furnish
le meurtre, murder
le midi, noon
mieux (*adv.*), better, best ; être au mieux avec, to be on the best of terms with
mi-hauteur, half-way up
le milieu, middle, surroundings, environment
mille, thousand
le mille, mile
mince, thin
le minuit, midnight
minutieusement, minutely
minutieux, minute, detailed
le miroir, mirror
la mise, setting ; la mise en accusation, indictment
modifier, to modify
moindre (*adj.*), less, least
moins (*adv.*), less, least ; du moins, at least, at any rate ; à moins que, unless
le mois, month
la moitié, half
mollir, to soften, give way, yield
la momie, mummy
le mondain, man about town
mondain (*adj.*), fashionable, society
le monde, world, people
le moniteur, chronicle
le monsieur, gentleman
monter, to climb, ascend, go up
la monticule, little hill, mound, eminence
la montre, watch
la monture, setting, mount
se moquer de, to laugh at, make fun of
moqueur, mocking
morbleu! by Heaven! by Jove!
le morceau, bit, piece
mordre, to bite
morose, gloomy
la mort, death

le mot, word, saying ; le bon mot, witticism, clever remark
le moteur, motor, engine
mou, soft
le mouchoir, handkerchief
mouillé, wet
le moyen, means, power
moyennant, by means of, in exchange for, in payment of, in consideration for ; moyennant que, on condition that
munir, to provide, furnish
le mur, wall
la muraille, wall ; la muraille d'enceinte, outer wall
le mystificateur, hoaxer.

N

la naissance, birth
naïvement, artlessly, simply
narquois, mocking
la nature, nature, temperament
le navire, boat, ship
ne . . . aucun, not any, no, none
ne . . . guère, scarcely, hardly
ne . . . jamais, never
ne . . . pas, not
ne . . . personne, nobody
ne . . . plus, no more, no longer
ne . . . point, not at all
ne . . . que, only
ne . . . rien, nothing
négligemment, carelessly
le négociant, dealer, business man, merchant
nerveux, nervous
nettement, definitely, clearly, plainly
neurasthénique, neurasthenic, subject to depression
le nez, nose
niais, stupid, foolish
la nièce, niece
le niveau, level
la noblesse, nobility
le nœud, knot ; le nœud coulant, slip-knot, running-noose
le nom, name ; le nom d'emprunt, assumed name

le nombre, number
nommé, aforesaid
nonchalant, careless, care-free
nouer, to tie, establish
la nourriture, food
nouveau, new ; à nouveau and de nouveau, anew, again, afresh
la nouvelle, news
la nuée, cloud
nuisible, harmful
nul ... ne, no, no one
nullement, by no means

O

obéir, to obey
une obligeance, kindness
obscur, dark
obséder, to obsess
s'obstiner, to persist
une occasion, opportunity, occasion
s'occuper de, to attend to, to busy oneself about
une occurrence, circumstance, occurrence
une odeur, smell
un œil, eye
un œuf, egg ; œuf à la coque, boiled egg
une œuvre, work
un officier, officer ; officier du quart, officer of the watch
une offre, offer
offrir, to offer, show
offusquer, to offend
une ombre, shadow, shade
une onde, wave
opérer, to work, operate
opiniâtre, obstinate
or, now
un or, gold
un orage, storm
orageux, stormy
d'ordinaire, as usual
organiser, to organise
orgueilleux, proud, haughty, arrogant
s'orienter, to take one's bearings, make one's way

oser, to dare
où, where
ou, or
oublier, to forget
outrager, to insult
en outre, moreover ; outre que, besides
une ouverture, opening, beginning
ouvrir, to open

P

la paille, straw
le pain, bread
paisible, calm, unruffled, peaceful
paisiblement, peacefully, in peace
la paix, peace ; fichez-moi la paix, be quiet, shut up, get out
le panier, basket
le pantalon, trousers
le papier, paper
le paquet, packet, parcel
parachever, to complete
paraître, to appear, seem
le parapluie, umbrella
parbleu! why, of course! to be sure!
parcourir, to traverse, cross
le pardessus, overcoat
pareil, such, like
le parent, relative
parer, to parry, ward off
se parer, to adorn, bedeck oneself
parfait, perfect
parfaitement, precisely, of course, certainly
parfois, at times, sometimes
parler, to speak, talk
parmi, amongst
la paroi, partition, wall
la parole, word, expression, phrase, speech
le parquet, judicial authorities, bench
la part, share, part ; d'autre part, on the other hand ; faire part de, to acquaint with, inform
la particularité, peculiarity, detail

particulier, particular, private, special

la partie, part, game, duel ; faire partie de, to be one of

partir, to leave, depart

partout, everywhere

la parure, adornment, piece of jewellery

parvenir, to succeed, reach, arrive

le pas, pace, step ; au pas, at a walking pace

le passage, passage ; être de passage, to be passing through ; passage à niveau, level-crossing

le passager, passenger

le passé, past

passer, to pass, spend

se passer, to pass, come to pass, happen

la passerelle, gangway, foot-bridge

passionnant, exciting, thrilling

passionnément, ardently, passionately

passionner, to enthral

patienter, to be patient

la paupière, eyelid

pauvre, poor

payer, to pay ; se payer la tête de, to make fun of

le pays, country

le paysage, landscape

le paysan, peasant, rustic

la peau, skin

pêcher, to fish

la peine, difficulty, trouble, penalty

à peine, scarcely, hardly

se pencher, to bend, lean

pendant, during, while

le pendentif, pendant

pendre, to hang

pénétré de, full of

pénétrer, to enter

pénible, painful, upsetting

la pénitentiaire, prison

la pension, boarding-school

percer, to pierce

perdre, to lose, waste, ruin

la péripétie, incident, vicissitude, event

la perle, pearl

permettre, to allow

la perquisition, search

perquisitionner, to search

le personnage, person, individual

personne, no one, anybody

la personnel, staff

la perspective, prospect

la perte, loss

peser, to weigh, weigh down, press, oppress

peu à peu, gradually

à peu près, almost

la peur, fear

peureux, timid, timorous

peut-être, perhaps

la physionomie, face, features

à pic, vertically, steep

la pièce, room, piece

le pied, foot

le piège, trap

la pierre, stone

le pillage, pillage, plunder

pincer, to pinch, take, catch

la piste, track, trail, scent

pittoresque, picturesque

la place, place

le plafond, ceiling

se plaindre, to complain

plaire, to please

plaisant, amusing

plaisanter, to joke, jest

la plaisanterie, jest, joke, chaff

le plaisir, pleasure

la planche, board, plank

le plancher, floor, flooring

la plaque, plate, sheet

le plateau, tray

le plâtras, plaster

plein, full ; en plein, full, right

pleinement, fully

pleuvoir, to rain

le pliant, camp-stool

plonger, to dive

la pluie, rain

plusieurs, several

plutôt, rather, sooner

la poche, pocket

le poêle, stove

la poignée, handle

le poignet, wrist

le poing, fist, hand

point (preceded by ne), not at all

pointer, to stick out
le poisson, fish
la poitrine, breast, chest
la police, policy, police ; la police d'assurance, insurance policy
le policier, police officer, detective
la politesse, politeness
le poltron, coward
la pomme de terre, potato
la pommette, cheek-bone
le pont, bridge, deck of a ship
le port, carriage, port
le porte-feuille, note-case, pocket-book
le porte-monnaie, purse
porter, to bear, carry, wear
la portière, door of a carriage or car
posément, calmly, deliberately
poser, to place, set, put
posséder, to possess
le postérieur, back
le pouce, thumb
pour, for, to
pour que, in order that
pourquoi, why
pourrir, to rot
pourtant, however, yet, still
la pousse, growth
pousser, to push, utter, grow
le pouvoir, power
pouvoir, to be able, can
pratiquer, to make, construct
au préalable, beforehand
précieux, valuable, precious
préciser, to give details, specify
se préciser, to become definite
le Préfet, Chief of Police
premier, first ; les premières, first-class seats, carriages, or quarters
prendre, to take, catch, seize, assume ; se prendre à, to attack, fasten on
le prénom, Christian name
près de, near, beside, towards
presque, nearly, almost
prétendre, to claim, maintain
prêter, to lend ; prêter attention, to pay attention
le prêteur, lender, moneylender

la preuve, proof
prévenir, to warn, anticipate
la prévision, foresight, conjecture
prévoir, to foresee
prier, to ask, request, beg, pray
la prière, prayer, request
la prise, pinch (of snuff)
priver, to deprive
le prix, price, prize
le procédé, process
procéder, to proceed
le procès, trial
prochain, next
le procureur, attorney ; le procureur de la République, State attorney
le prodige, miracle, prodigy
prodiguer, to lavish
se produire, to happen, befall
profond, deep, profound
le projet, plan, scheme
se promener, to walk, go for a walk, stroll
la promesse, promise
promettre, to promise
prononcer, to pronounce, call out, utter
propice, favourable
propre, own, clean
proprement, cleanly, neatly
le propriétaire, owner, landlord
la prouesse, prowess, daring act
provenir, to come, be forthcoming
provisoirement, provisionally
prudemment, prudently
publier, to publish
la pudeur, shame, modesty
puis, then, next, besides
puisque, since
puissant, powerful
le pupitre, desk

Q

le quai, platform, quay, wharf
la qualité, quality, title, position
quand, when, though
quant à, as for, as to
quelconque, some . . . or other
quelque, part, somewhere

quelquefois, sometimes
quelque peu, somewhat
quelqu'un, somebody
questionner, to question, examine
la quête, quest, search
la quinte, fit
la quinzaine, fortnight
quitter, to leave
quoique, although
quotidien, daily

R

rabattre, to drive back, put down, fasten
raccourcir, to shorten, abbreviate
racheter, to buy back
raconter, to relate
rafistoler, to patch up
le rafraîchissement, drink, refreshment
railler, to jeer at, chaff, twit
railleur, mocking, jeering
ralentir, to slow down
râler, to groan, rattle
ramasser, to gather up, pick up
ramener, to bring back
ramper, to creep, crawl
la rancune, grudge, rancour
ranger, to arrange
se ranimer, to revive, pluck up one's spirits
se rappeler, to recall, remember
rapprocher, to bring close ; se rapprocher, to draw nearer, be drawn together
rare, thin, rare   [semble
rassembler, to put together, as-
rassurer, to reassure
rattraper, to catch, overtake
ravir, to delight
rayer, to streak
le rayon, ray, spoke
le rayonnement, radiance
le rebord, edge, brim
se rebuter, to be discouraged
recéler, to conceal
le récépissé, receipt
la recherche, search, research
le récit, recital, account, story
la réclame, publicity

réclamer, to claim, object, protest, complain
recommander (une lettre), to register
reconduire, to take back
la reconnaissance, gratitude
reconnaître, to recognise
reconstituer, to establish
recouvrer, to recover, regain
se récrier, to exclaim, cry out
le reçu, receipt
recueillir, to rescue, harbour, collect
le recul, recoil, repulsion
le rédacteur, editor
redevenir, to become again
la redingote, frock coat
redoutable, formidable, ominous
redouter, to fear, dread
réduire, to reduce
le réduit, small room, hole
réfléchir, to reflect
regagner, to regain, go back to
le regard, look, glance
le régime, diet, course
le registre d'écrou, prison register
la règle, rule, ruler ; en règle, in order
le règlement, regulations
réglementaire, regulation
la reine, queen
rejoindre, to join, rejoin, overtake, regain, gain
réjoui, jovial, cheerful
relâcher, to release, free, set free, relax
relancer, to follow, trail
la relation, relation, connection
reléguer, to relegate
relever, to lift up, turn up, bring up, notice, pick out
la remarque, remark
remarquer, to notice, observe
le remblai, embankment
le remerciement, thanks
remettre, to put back, hand back, restore, postpone
se remettre, to recover
s'en remettre à quelqu'un, to commit oneself, to place oneself in someone's hands

remonter, to go up, go back
remuer, to stir, move
le rendez-vous, appointment
rendre, to give back, render
se rendre, to go
se rendre compte, to realise, take into account
se renfoncer, to sink back
renoncer, to give up
renouveler, to renew
renseigner, to give information, instruct, teach
se renseigner, to make inquiries
un renseignement, information
rentrer, to return
renverser, to overturn
renvoyer, to send back, postpone, reflect
le repaire, lair, den, haunt
repartir, to set off again, rejoin, retort, reply
le repas, meal
repincer, to recapture
répondre, to reply, answer
le repos, rest
se reposer, to rest
repousser, to push back
reprendre, to resume, regain
la reprise, recapture, resumption; à deux reprises, twice, on two occasions
réputé, of repute
résolu, decided
résoudre, to resolve, determine
respirer, to breathe
ressembler, to resemble
ressentir, to feel
ressortir, to emerge
une ressource, resource, money
du reste, besides, moreover
rester, to remain
restituer, to restore
restreindre, restrict, limit
la restriction, reservation
le résultat, result
résumer, to sum up, relate
retenir, to keep, hold back
retentir, to resound, re-echo, ring out
retentissant, celebrated, notorious
retirer, to withdraw, take off

se retirer, to withdraw, retire
retors, shrewd, crafty
le retour, return, return journey
retourner, to return
se retourner, to turn round
en retrait, withdrawn, standing back
la retraite, retreat
retrousser, to turn up
retrouver, to find again
se retrouver, to meet again [join
réunir, to bring together, assemble,
réussir, to succeed
la revanche, revenge
le rêve, dream, day-dream
revêche, grim, forbidding
le réveil, awakening
se réveiller, to wake up
révéler, to reveal
le revendeur, dealer, " fence "
revenir, to return
rêver, to dream
ricaner, to sneer, snigger
richissime, immensely wealthy
le rictus, grin [merely
rien ... ne, nothing; rien que,
rigoureusement, severely, strictly
rigoureux, rigid
la rigueur, severity
riposter, to retort
rire, to laugh
la rivière, river
le roc, rock
la roche, rock
rôder, to prowl
le roman, novel
rompre, to break
le rond, ring, circle
rond, round, rounded off, arched
le ronflement, snoring
ronfler, to snore, purr
le roseau, reed
la roue, wheel
rouge, red
le rouleau, roll
roulé, caught, trapped, fooled
rouler, to roll
le rubis, ruby
rudement, violently
la rue, street
russe, Russian

S

le sable, sand
le sac, bag
la sacoche, handbag
sage, good, quiet, wise
saillant, projecting
saisir, to seize
la salle, room, hall ; salle à manger, dining-room ; salle d'attente, waiting-room
le salon, drawing-room
saluer, to greet, bow, salute
le salut, safety, salvation
le sang, blood
sanglant, blood-stained, bloody
sans, without
sapristi ! by jingo !
satisfaisant, satisfactory
sauf, except
sauter, to jump
le savoir, knowledge, ability
savoir, to know, be able ; en savoir plus long, to know more about
savoureux, tasty, enjoyable, piquant
sceptique, sceptical
scintiller, to flash, sparkle
sculpter, to carve
sec, dry, sharp, short, quick
secouer, to rouse, shake
le secours, help
le secrétaire, secretary
le seigneur, lord
le séjour, stay
selon, according to
la semaine, week
sembler, to seem
la semelle, sole
le sens, sense, direction, meaning
sensé, sensible
la sente, path
sentir, to feel, smell
serein, serene, clear, calm
serrer, to squeeze, grip, clutch ; serrer la main, to shake hands
la serrure, lock
se servir de, to use
le serviteur, manservant
seul, alone, only

seulement, only
si, if, so, yes
le siècle, century, period
le sifflet, whistle
le signalement, description
signaler, to describe, notify
signifier, to mean
la silhouette, profile, outline
simuler, to feign, simulate
soi-disant, so-called
soigneusement, carefully
le soin, care, attention
le soir, evening, night
soit ! be it so ! agreed !
le sol, ground
solennel, solemn
la solennité, solemn occasion
solide, strong, stout
solliciter, to ask, demand, invite one's attention, solicit
sombre, dark, gloomy
la somme, sum
le sommeil, sleep
sommer, to call upon
le son, sound
sonder, to sound, explore
songer, to dream, think
sonner, to ring, sound, resound
la sonnerie, bell, set of bells
la sonnette, bell
le sorcier, wizard, magician
de sorte que, so that
sortir, to go out, take out, come out
le sou, halfpenny, 5 centimes
le souci, worry
se soucier, to worry
soucieux, anxious, jealous
soudain, sudden, suddenly
le souffle, breath ; à bout de souffle, out of breath
souffrant, ill
souffrir, to suffer, allow
souhaiter, to wish
le soulagement, relief
soulever, to lift up, raise
le soupçon, suspicion, doubt
soupirer, to sigh
sourire, to smile
le sourire, smile
sournoisement, stealthily
sous, under

sous-directeur, under- or assistant-manager
le souterrain, underground passage
le souvenir, memory, recollection
se souvenir, to remember
souvent, often
spirituel, witty
spontanément, spontaneously
sportif, sporting
stationner, to stand, stand about
strier, to streak
stupéfait, bewildered
stupéfiant, staggering
subir, to undergo
subitement, suddenly
subsister, to exist, continue
suffire, to suffice
suffisant, adequate, sufficient
la suite, sequel, continuation ; par la suite, later on
suivre, to follow   [about
le sujet, subject ; au sujet de,
supplier, to beg
sur, on, upon
sûr, sure
la suralimentation, over-eating, over-feeding
la sûreté, safety
la Sûreté (générale), Paris police headquarters
surexcité, over-excited
surgir, to rise, stand up, appear
le surlendemain, two days later
surnaturel, supernatural
surprendre, to surprise
le sursaut, start
surtout, especially
la surveillance, watch, observation
surveiller, to watch, keep under observation
sus-indiqué, mentioned above
suspect, suspicious
suspendre, to suspend
sympathique, pleasing, attractive

T

le tabac, tobacco, snuff
le tableau, picture
la tablette, shelf

tâcher, to try
taciturne, silent, surly, taciturn
à taille, with a waist, waisty
le taillis, thickset, undergrowth
se taire, to be silent
le talus, bank
tandis que, whilst, whereas
tant, so (as) many, so (as) under ; tant mieux, so much the better ; tant pis, so much the worse
le tapis, rug, carpet
la tapisserie, tapestry
taquiner, to tease
tard, late
tarder, to delay, linger, be long in coming
la tasse, cup
le tasseau, bracket
tâter, to feel
le taureau, bull
tel, such
le témoignage, evidence, testimony
témoigner, to bear witness, give evidence
le témoin, witness
la tempe, temple
tenace, tenacious   [hand
tendre, to hold out, stretch out,
les ténèbres (fem.), darkness
la teneur, text (of a message)
tenez ! look !
tenir, to hold, keep, take up ; tenir à, to be anxious for, keen on
s'en tenir à, to stop at, be content with
la tentative, attempt
tenter, to try, attempt
la terrasse, terrace, front of a café
terrasser, to fell, knock down
la tête, head ; tête-de-pont, bridge-head
la terre, earth
le thé, tea
timbrer, to stamp
tirer, to draw, pull ; tirer un coup, to fire a shot
le tiroir, drawer
toiser, to measure, scan, eye
le toit, roof
la tôle, sheet-iron
tomber, to fall

le ton, tone
le tonnerre, thunder
tordu, twisted
le toréro, toreador, bull-fighter
toucher, to touch, receive (money)
toujours, always, ever, still
le tour, turn, trick ; tour à tour, in turn ; à tour de rôle, in turn, by turns
le tourbillon, whirl
tourmenter, to worry, trouble, disturb
le tournant, turning
tourner, to turn
tout, all, quite ; tout de même, all the same ; tout de suite, all at once, immediately ; tout d'un coup, all at once
toutefois, however
la toux, cough
tracasser, to annoy, harass
trahir, to betray
le trait, feature
le trajet, journey
tramer, to plot
tranquille, quiet, alone, undisturbed
le transatlantique, Atlantic liner
transmettre, to send, transmit
le travail, work ; travail forcé, hard labour
à travers, through, across
au travers de, across
la traversée, crossing, voyage
traverser, to pass through, cross
la trempe, temper, stamp
trépigner, to stamp
le trésor, treasure
tressaillir, to start, shudder
triste, sad
tromper, to deceive
trop, too, too much
le trottoir, pavement
le trou, hole
le trouble, confusion, perplexity
troubler, to disturb, agitate
trouver, to find
se trouver, to be
le truc, trick, dodge
truqué, faked
le type, fellow, chap

U

uniquement, only
un usage, use, usage

V

le vacarme, din
la valeur, value
valoir, to be worth, obtain ; valoir mieux, to be better
le vasistas, hatch-door
le véhicule, conveyance, vehicle
la veille, previous day, eve, night before
le velours, velvet
vendre, to sell
venir, to come ; venir de, to have just
le vent, wind
la vente, sale ; ventes publiques, public auction
la vérité, truth ; en vérité, really
le verre, glass
le verrou, bolt
verrouiller, to bolt
vers, towards
la verve, animation, liveliness, go
la veste, coat
le vestige, trace
le vêtement, dress, clothing
se vêtir, to clothe oneself, put on
veuillez, please, kindly
vibrer, to vibrate, ring out
vide, empty
vider, to empty
la vie, life
le vieillard, old man
vieillir, to age
la vierge, virgin
vieux, old
vif, sharp, keen, bright, lively, intense
vil, cheap, low
la ville, town, city
en villégiature, on holiday in the country
la vingtaine, score
le visage, face
viser, to aim at

vite, quick, quickly
la vitesse, speed
la vitrine, shop window, glass case
vivant, alive, lively
vivre, to live
voguer, to move, sail
la voie, road, way, permanent way, course
voilà, there is, there are, since
le voile, veil
le voisin, neighbour
voisin (*adj.*), neighbouring, adjacent
la voix, voice ; à haute voix, aloud

le vol, theft
le volant, steering-wheel (of a car)
voler, to steal, fly
le voleur, thief
la volonté, will
vouloir, to wish, want, be willing ; en vouloir à, to be annoyed with, bear a grudge against
le voyage, journey
voyager, to travel
voyons ! come now !
vrai, true, great
vraisemblable, probable
vu, in view of, considering
la vue, view, photograph

Printed by Turnbull & Spears
at Edinburgh in Great Britain